石光作現

自始至終都是爲了
尋覓一個能讓我完美嵌合在世界上的孔洞，
一種豁然與世界連結爲一體的方式。

石知田 著

真石推薦

坦然如我，也常在釋然和微詞中尋找平衡，顯然我在他的故事裡找到了暫解，智慧之石，知於良田。

——左光平／文字工作者

將生活歷程的微光片段，細膩深刻堆疊，這些私密的感受於是成為生命，成為演員最珍貴的養分。我喜歡他勇於揭露內在、真誠善意理解情感，每一個「石」光，都讓我們見到更深層的知田，不只是一位用心創作的演員，更是一個用心生活的人。

——林柏宏／演員

一些成長的酷故事，一些複雜的酷感受。謝謝在時間的侵蝕下，還是這麼細膩溫柔的你。

——持修／歌手

破蛹成長，追憶美好，懵懵望著天空的少年蛻變為勇往探索的男人。一字字我讀到石知田靈光中收藏的豁達笑容。

——陳以文／演員

閱讀知田的文字，猶如觀察卵石的肌理，如此細緻且富含著時間刻畫的溫潤動容，情緒彼此擁抱，使生命漸趨於某種圓潤。

——陳詠華／攝影師

知田筆下的文字，猶如他的自我介紹：「知道的知，田地的田」，將堪與不堪、似懂非懂的際遇，都化為養分，重新栽回自己身上茁壯。

——莊翔安／導演

這個帥哥不但很會演戲，竟然還會寫書?!看著他可愛的文字，進入他成長的點滴，好像一起掉入屬於石知田的池塘裡。

——程偉豪／導演

二十三篇自我、親情、兄弟、朋友、演員的踅逛探索。即便知石近一秩，依舊啟發不少乍現，頻頻產生莞爾的共鳴。

——游適任／Plan b Inc 創辦人

《石光乍現》是一場辨識名字的人生練習，如石知田所寫：「人終究會分離至名為『自己』的各端。」於是他在各端以眼神攝影、與記憶對話，他所擁有過與相遇的每一種稱呼……即使短暫，都似碎石流金。「石知田」三個字的每一筆畫，不再像童年一樣四角皆圓，在他的散文裡，已被寫得如此細緻深邃。

——蔣亞妮／作家

「石知田」擁有著一個奇思妙想的腦袋，不禁讓我好奇他是怎麼成長的？看完這本書腦中第一個浮現的想法是：哦～原來這就是石知田！

——賴晏駒／歌手・主持

一如往常，耳聰目明地沉醉於生活中的美麗和哀愁；隨著石知田細細思吐、擦拭這一路走來太快就被沖逝隨後沉澱下來的各種混合物，自己的回憶也跟著一起晶亮，和他一起珍惜、一起深邃。

——嚴正嵐／歌手・演員

輯一　盤根

輯二 葉隙

輯三 光華

推薦序

他曾經看過的風景

曾寶儀（主持人、作家）

我很喜歡演員，正確地說，我很珍惜好演員。

一個好演員，能在一個眼神裡讓我看到一個世界，在一句話字與字的空間裡讓我看到經歷，在角色的呼吸裡讓我看到選擇。

曾經演過一些戲的我也在工作經歷中與不同類型的演員面對面，那些讓我回味不已的交手，通常不是他們總能準確地在編劇導演要求的台詞點，在鏡頭看得到的那隻眼睛流下眼淚，而是在某個心神領會的瞬間，我們都看到了一樣的風景。

雖然我們有共同的朋友，但我是看了這本書才認識石知田。細膩的文字，福爾摩斯般的觀察與記憶力，讓我在閱讀的過程中，好像也看到了，深深印在他心裡的那片風景。

不禁讓我回想起，金城武在電影《心動》裡，想念梁詠琪的時候，會在天臺舉起相機，拍下當時的天空。那一幕至今都讓我覺得是思念的經典。而石知田，就是透過這些文字，與大家分享了他的念想，那些讓他成為現在的他的積累，他想跟大家分享的，他曾經看過的風景。

而如果人最終前往的地方是自己，那自己便是家鄉。

在〈在車上，只是坐副駕〉那篇的最後，他寫下了這兩句話。突然覺得這位年輕人身體裡住著一個老靈魂，呵呵，偶爾會像這樣 out of nowhere 地探出頭來跟大家打招呼，但大部分的時間就是讓這個年輕人自己跌跌撞撞地摸索。是啊！這些沿路的風景，最終都是為了帶我們回家。既然如此，也就沒什麼好著急的了。Take a breath, relax, and have fun!

推薦序

液態的不安全感

白樵（作家）

他是一位心思細膩，敏銳至令人生懼的男孩。往昔，若旁人問起石知田是怎樣人時，我定如此作答。

相識十餘載，見證各自從男孩蛻成男人的重要階段，也目睹彼此於不同身分間的流淌與轉變。但在排練室，舞台邊，劇場梳化間裡，我們似乎又隸屬不同群體。

曾跟田獨處過嗎？讀《石光乍現》輯二的我，心底倏忽自問。有的。排練午夜暝，我們滿身疲倦，汗累併肩的士後座。彼時他住金華街區，與我屋僅離半個森林公園之距。橘黃路光墨黑夜，我們有時談天，有時沉默。

不緊不熱的，原以為會隨時間汰換掉的關係，竟格外牢固。

在巴黎那幾年，關於舊有人際，總感懶憊。某些格外孤寂時刻，田寄臉書私訊：「嘿，最近好嗎？」我們交換近況，隔洋打鬧，也是在那時，察覺到他異於常人的敏銳。田破譯我私以為藉貓貓貼圖或旁繞字眼能遮蔽的，連近身摯友都矇過的深層情緒。他穿霧撥雲直指核心。對當時的我，是個驚奇，是個謎。

年輕時以為高敏特質必屬受傷靈魂。田處光亮開闊地，那被世人們稱為勝利組的領域。容貌姣好，開朗聰穎，生自和諧家庭，連跳嘻哈或entertainment基本舞步，都能跳得比旁人更有韻味與個性。如今步入輕熟年紀方知，原來不安全感，是命定印記，無關家境際遇。

一如他自幼對各種細小事物的觀察與度量：該作蕭姓抑或石姓？自我介紹該以「我是」抑或「我叫」開場？對朋友，年紀等定義的不適與突兀感。活著便是造字。田如此寫道。生命中每一格被工筆細描的切片，畫面，與浮移空氣中的恍惚分子，於他，都具備不可說不可說之謎，與抵達真理的隱藏途徑。

這是一本流體之書。《石光乍現》裡有傳統抒情，類論述，札記，夢囈紀錄，片場隨筆諸面向，像依不同角度折射不同耀眼光芒的切割美鑽。流體是多變與不依附，如演員穿越，深伏過每一個角色，此曾在，卻必然道別，前往他方。流體是時間，意指生命。此刻世界上的所有人都是河流，或湍急或和緩地在自己的流域遷徙前進……最終我們又會匯集在同一片汪洋。

「應該要盡可能地讓空間產生流動，不至於停滯下來。」母逝後，田揣摩其心思。流體是存在，是由各式不安推進，好在後悼亡時光裡延續平行時空歪斜軌跡的對望密法。逝去的，依附於記憶，在隨時間逐步空缺的闃黑凹陷裡，待日再萌嫩根新椏（〈圖圖，圖圖〉有嬰遙喚）。

記得七年前從巴黎返台，於工作室與田相遇，他手裡抱著韓少功的《馬橋辭典》。田曾想過當年眼底字，將匯集成另條支流，在他筆下翻濤浪裂嗎？

滾石不生苔。我們不安，流繞，多年後於湧泉滿布的奇花異草之地，相視而笑。

輯一

盤根

那時此刻的那個什麼東西

生活無異遊蕩於板塊與板塊間，而時間明確地以二十三、四歲作為一個切分點。

在那之前，生活中的各種遊蕩，都是以跳躍的方式。每當遇到路途上的一道道開口，總想著這次必須跳得比上次更高，得在空中停留更長的時間。想起小時候若天氣晴朗，也常會偷偷地窩在後陽臺的鐵窗下凹處，身體融進剛鋪上的蓬鬆羽絨被，闔眼徜徉於暖陽，用指尖輕觸雲朵切出的一縷縷陽光。時間總以極慢的速度前進，而我選擇遊蕩著等它追上。那段時間裡，迷戀著善於忖度心思的夜晚，當月光墜入街道巷弄暈散開來，肉身便如布匹般沾染上波光粼粼。拄著光的身影時而吃力，時而輕巧，總是期待著遇見那一個個也發著光的朦朧思緒，些許的酒精能幫助我們姿態平衡，適量的音樂能陪伴我們探索翱翔。

變化源自於徬徨，大學畢業之際，過往奢侈揮霍的時間倏然加速前進，而戛然墜地的我，卻不知何去何從。遙望遠方，每個方向都散著霞光呼喚我前往，才發現，原來以往過度專注尋求解答，直至今日卻連提問都難。

在那之後，改以笨拙的步伐閃避腳下的縫隙，嘗試書寫屬於自己的行走之書。文字成為雕砌生命經絡的鑿刀，內心孔洞的呢喃自語，零零散散的、或長或短的，留下了部分，也捨去了部分，刻印字裡行間中漫射而出的訊息。剛開始書寫時，窗外物事總是順著目光不斷向後退，我或站或坐，隨著前行又能看見更遠的風景。寫著寫著，卻發覺自己無論怎麼走，打了幾個漩，終究都是回到原地，看著同一片景色。又再寫著寫著，才漸漸明白，生命的軌道始終是螺旋狀的，無論是即將遇見的事物，或是交錯而過的事物，都將以各自的規律繼續運轉，看似觀望相同的風景，當意識到處於不同平面時，方能擴大了視野，得以窺見或深或淺的細節變化。

書寫同時，也慢慢養成每隔一段時間就讀日記的習慣，有時是為了從過去找到解答，也有時只是單純想躲進去。人生的大多意義都只在回望時才成立，每每

觀望自身凝塑的積累，也將因為距離不同，能窺見不同的風景。物理學中，萬有引力定律指出，兩個質點彼此之間互相吸引的作用力，與他們的質量呈正相關，而與彼此的距離又呈負相關。冥冥之中的有所連繫，隨著質量的提升，便能感受到牽引的軌跡，於是碎片化的文字，逐漸結成某種巨大堅實的東西，閉著眼都能聽見陣陣轟鳴。反芻自己的文字，即使無法找尋到確切的意義，霞光易逝，在生活中保有尋求的姿態，都將替自己增添色彩。

總體而言，每次翻閱日記，不外乎是為了找尋「那個什麼東西」。簡白些，卻也相較失真的述說，便是對自己提出疑問：「究竟自己是如何被組構的呢？」

多年前的這一天：
人類生存在世界上，
都在找些理由去說服自己。

記得當時著迷於存在主義，網路上看了許多心理學和哲學的影片，也買了各種學術書籍，總覺得務必得替生命找到適當的理由和意義。印象最深刻的是在一本歷史書上讀到，人類文明可貴與可怕之處在於，擁有無比的創造力與抽象思考的能力。憑藉這樣的天賦，人類創造出許多並非實際存在的事物，賦予它們意義後又再根植其上，以此發展極為堅固的思想系統，無論文字、故事或是貨幣都是依附在這樣的能力產生的文明元素。

憑藉說故事能力，人類創造了戲劇，方便透過生命的片段去探詢意義，也間接孕育出演員這個職業。常被問到成為演員的理由是什麼，而演員的意義又是什麼？理由總有千百個，但最終似乎也簡單的只因為遇見。而關於意義，總覺得每個人都是依著不同的信仰，摸著石頭渡生命的河，成為演員後，才明白生活便是拿捏至分寸。手指頭凝縮成水滴，打濕每道光間存隙的晦暗，將原先不安分的邊邊角角，順著車紋熨撫過去。

同一年的第一天：

當自我接觸本我的時候，將會如有神助。

所以當自己真的夠相信自己的時候，

那個狀態才是真、善、美，並且可以發揮最大值的我。

剛接觸大學通識課的那年，選修了基礎的心理學。一邊對自己的匱乏感到強烈的厭惡，一邊又自豪於自己的純粹，願意傾己之力追求精神上的最大值。理工科出身的背景，讓我能有邏輯地將充滿溫度的詞彙清楚排序，並以「最大值」作為極限的註記，書寫的同時，腦袋裡浮現的是微積分裡所學到的無窮逼近無限大的符號，猶如英文字母中時常作為複數標示的「s」。當時的我也恐懼地不斷吞噬各式各樣、望眼能及的訊息們，卻未曾想過，關於生活，自己似乎太依賴觀眾。

究竟「最大值」是什麼呢，又為何要發揮「最大值」？如何決定所謂的「真」、「善」、「美」？現在的我不得而知，而當時寫下字詞的我又是否明白所指涉的那個抽象東西是什麼呢？每一次讀自己的日記，看似望向後方，時常卻是聽見來自前方的聲音。有一位教導我唱歌的老師說過，唱高音的時候，不要去想像音與音是上下關係，並非要企及那個高，而是想像為平行，音與音總是比鄰。這樣想，或許日記的那些節點不該連成線，而是各自存於空間，沒有先來後到，端看如何呼應。

同一年的年尾：
你是存在於當下的，
是不可取代的，
是正在經歷的，
是無法追溯的，
是創造歷史的，
是建構未來的。

每當咀嚼這些被記下的隻字片語，總能將躁動流竄的呼息熨出諸多細小孔洞，靜下來後，側耳便能聽見裡頭有風呼呼地吹過。文字提醒自己，無論通往哪裡，只願能無法取代。所謂的當下，囊括著正在經歷的你、創造歷史的你，更包含建構未來的你，唯有將三者相連，才能穩穩站立。筆下字句宛如沙粒，在目光的照映下緩緩垂落，那每一粒每一粒都如此不同，近看是如此生硬，遠望卻又層層交疊。

當時就能如此透徹理解嗎？我不得而知，但看到文字的時候，才驚覺自己竟

有過這樣的狀態。我深信它們至今仍存在身體內，只是在你遺忘之時，用各自的方式將生命繼續進行下去。在某一個全然獨立的地方，或許被冰凍，時間於此停滯，但也永遠保存，等待最好的剎那再次被喚醒，漫出溫釀的韻味。記得一句話，生活總是會面臨不同的選項，於是稱那些沒有被選擇的生命為「已死去的未來」，想想，或許他們從未死去。

也許他們一直都醒著，像是一棵樹，我們一起成長，互相連通，只是站立於不同的枝枒。大多時候各自努力往天空生長，曲曲折折地只願連通天穹，在某些特定之時才會彼此相望。此刻望見，似乎又是永恆的停滯於那時。當中有幾個害羞內向、有幾個亟欲展現自我、有幾個憤恨嫉俗。似乎也不該如此歸類，我從來不喜歡被歸類，他們應該也是如此。仔細想想，文字一直都存在於自己觸手能及之處，時刻中溫潤、探望自己。透過文字，多了留下，有了留下便能抵達永恆。小時候看港漫，《天子傳奇》中有一格畫面是秦始皇乘著大船去海外尋長生不老藥，那時以為的寓意是不要過於執迷，不要過於貪婪。現在才發現，其實永生不過是種「想留下」的念想。

既然開始書寫，便開始梳理了。或許過去紙上的囈語，能漸漸拼湊出些什麼。時間會並置在書本之中，透過折疊的方式，重複著「那時」的擦肩而過，與「此刻」的緩行於四周不停滯。恍若站在生命這幅布料前，一邊凝視眼前的經緯脈動，一邊溫吞地擺動並敲擊出聲響，如同薩滿念誦古老的經文，行走在意識的深層，恍恍惚惚地對著自己進行召喚。玻璃頸椎內的燭火，拉長了我總馱著的身軀，而半透明的熱流，恍惚間，腦海裡的朦朧隱約浮現斑斕的夢境與曾流連過的記憶。只有行走的我明白，至始至終都是為了能尋覓一個能讓我完美嵌合在世界上的孔洞，一種豁然與世界連結為一體的方式。

擱在字串上

小時候，石知田總令我十分困擾。

哥哥和我的名字都是父親取的，學齡前，每與名為「石知田」的字串對望，總覺得陌生。「石」是跟著父姓，「知」是與哥哥並置，最後或許是要與哥哥有所分別，才在最尾端補上了「田」。這串文字安置在身上，似乎只是提供了識別的作用，能清楚分辨我從何來。除去被懲罰的時刻，長輩們大多喚我乳名「小田」，與我同輩的哥哥姊姊們也隨著那樣叫我。至於我和哥哥，或許是基於某種男性渴望企及的瀟灑，不希望被世俗規矩所綑綁，也或許都希望能追求所謂的獨一無二，不該簡單以稱謂替代對方，大多以本名互相呼喊。說起來，唯一常常嚷著「石知田」的家人，就只有哥哥了。

每到新環境自我介紹時，「石知田」總像誦唱著拗口的梵音音節——同學們

文明有礼

總稚嫩地不知如何回應，表情充滿疑惑和些許興奮，師長則不確定是否聽錯，表情禮貌而生澀，而我羞恥地站在位子上，想著該怎麼在這一片祥和中不突兀地將身體蜷回座位。而年齡大一些後，慢慢有同學在我介紹完名字後，模擬藝術家捕捉靈光，對著「石知田」進行各種外號的即興創作。而我必須坦白替它說句公道話：大多都很鳥。漸漸地，名字的音調和形體添上諸多曲折，變得笨拙而赤裸。原本與它薄弱的依存關係，在眾人炙熱目光下，不斷萎縮成為灰燼，我言不由衷地說著違心之論，而它在歡迎的鼓掌聲中漸漸從我身上剝離而去。

現在仔細回想，「我是石知田」的發音不順口，或許是因為爺爺和奶奶都是四川人，被他們照顧長大的我，對於「捲舌音」總是無法控制好力道，「我是石知田」中間的三個字，得讓舌頭的肌肉僵持在一個地方，年幼的我想必是還無法將肌肉控制得靈活。而同個字音才向下去了聲，迅速就得看似輕鬆的向上升調，「是石」兩者的顛簸，導致講話也常帶有奇怪的節奏和韻味。如果童年時，懂得將自我介紹改成「我叫石知田」，在發聲上面就顯得容易許多，也許就能避免對姓名的排斥。

但是說著「我叫石知田」的小孩，似乎又顯得太霸道。「我叫」以喧賓奪主的方式，帶著「給我聽著」的口吻，不像「我是」那麼溫文儒雅，懂得將自己向下挪一挪。再者，「是」為平等的連接，「叫」則像是附屬，「名字」不該單單視為物件，而該當作存在。總認為，分享「名字」給新認識的人，不該如此理所當然、趾高氣昂。若回到過去，還是會讓童年的我努力練習「我是石知田」。

記得有一次，遊玩過程認識一對男孩和女孩，三個人特別契合，幾場遊戲後，便以眼神確認了彼此是值得結交的朋友。距離和母親相約的時間剩下十來分鐘時，男孩、女孩果斷地做了自我介紹。不誇張地說，兩人的名字，是當時我見過最棒的名字。口中吐出的字串，即使呢喃都有某種魔力，彷彿似曾相識，卻不會聯想到特定的人物，沒有驚奇或突兀，如同最熟悉的陌生人般，沉浸在即將成為熟人的感動。名字附加而上，突顯共生者的氣質與長相，漫溢而出的氛圍感，更使名字本身增添了些許殊異。

「那你呢？你叫什麼名字？」正當我沉溺於憧憬和嚮往他人的美好，對方反問了我，驚覺自己怎能如此毫無防備，竟忘了遮掩自己的不堪。好在當時已經認

識不少人的我故作鎮定，腦中迅速從數據庫尋覓適合的文字組合。「石知田」如鯁在喉，心裡泛起無以名狀的好勝心，直到現在都還記得第一次替自己取的新名字：「張志豪」。

這樣說來，「張志豪」或許算是第一次詮釋的角色。忘了究竟是真的聽過這個名字，還是單純腦海裡的大數據組合。總而言，「張志豪」成為最符合我當時審美觀的名字，一個活潑開朗、很會玩遊戲的小孩，功課也許不是特別好，但為人正直，許多人都願意跟他做朋友。最完美的是，他的名字從來都不會對任何人造成困擾，包括自己。

回家路上，坐在母親車上的我被罪惡感包裹著，心裡想：玩得這麼開心的兩個新朋友，以後若是上尋人節目找我，會不會找到另外一個人？原先的成就感被羞赧侵襲，他們知道我騙人會不會就不跟我當朋友？如果他們知道我真名會不會無法接受？騙人的我應該會被大家討厭吧？那次之後，我開始默默地練習許多次「我是石知田」，希望有一天遇見他們，能夠好好和他們懺悔，並將真實姓名告訴他們，可惜後來始終沒能再見到他們。

小四、小五時，有門功課列舉了許多關於自己的問題，大多數題目都很容易。和平常一樣，我趁著上課時間就偷偷在抽屜裡完成了，整張題目卷只留下一小塊無可迴避的空白：「名字代表的意義」。雖然一直都知道名字是父親取的，但總是把心思放在它帶來的雜沓紛擾，從未想過該有個原由。母親憑稀薄印象告訴我，在我幼稚園畢業的時候，父親曾將原因寫在畢業紀念冊上。翻箱倒櫃地尋找後，在床底收納空間的底層找到，封面後的第一頁上方貼著我穿兒童龍袍的沙龍照，下方則簡單記錄許多基本資訊，姓名、血型、星座、興趣等等。

「石知田，勤於耕耘知識的田地。」坐在床邊地板，反覆讀著父親擱在紀念冊最下緣的文字，「好酷喔……」帶著歉意盤握疏離在自身與他者間隙的它，父親纖瘦的字跡，如同磨得鋒利的刻刀，將原先淤塞的自卑羞赧一刀一刀地刨去，雕出自己的樣貌。將卷上那一塊空白填補後，那些小小但巨大的問題也緩緩消散，開始能好好直面「石知田」。得知名字其來有自的我，漸漸著迷於文字中夾帶的訊息，類似火車迷、車迷、太空迷、B級片迷、教父迷，我儼然成為了「字迷」，比起透過外號去認識人，總喜歡探索研究每個人的名字，成長為一個會因爲感受到他人名字裡的隻字之差而暗自竊喜的人。

朋友有一條陪著他成長的棉被，正因為上面留有熟悉的氣味，平時不常洗滌。小被被大他一歲，其上的藍色條紋已經褪到顏色都看不見。成長過程，每當不安都會抱著小被被，從中得到慰藉。名字似乎也是這樣的陪伴，只是又更加密合，承載了長輩的寄託，與欲傳達後輩的啟發，阡陌縱橫裡總蘊懷迷人的光暈。張志豪啊，想必是被期許能夠有志氣，能出眾。「張」姓，能代表開展，與「志豪」將能相輔相成。若他改為「詹」姓，似乎就帶有淺嚐即可的意味，較為謹慎，步步侷促，「志豪」將會有所限制。但「詹」若輔以「浩然」，反能以小見大，顯現謙卑與通達。名字看似沒有形體，實則與自身互為表裡，細想，與星座詮釋一般。認識的初始，透過星座能把對方劃分成十二種可能性。以大抓小，以粗淺的方式做出假設再細細品味，最終產出精準的定義。

當名字用於覺察自身，雖先會被定義所設限，反向運用，也將開始書寫自身的定義：在生命中努力企及「名副其實」，感受到活得越來越像自己的名字，於是越加喜愛，而後開始聆聽名字的聲音，指引自身的有所不足，指引自身的有所讚許。「假設萬物冥合為一圓球狀，我們只有往著自己的腳底下去探尋，才能往最核心走去。」在一次以創作為標題的講座中，有位老師提到，他已經許久都沒有主動接觸外部資訊了，「若我們希冀的是真理，不應該仰賴外物，反而應該求諸自身。」於是名字慢慢修整自己，有人說用玉可以養人，其實取一個貼切的名字，想必也能慢慢地蘊潤自身。

「石知田」，小時候寫它，總偷懶將三個字寫得圓滾滾的，躁動地四處流竄，不問根源，更不問方向。在畢業紀念冊中看見父親的字跡後，開始學著將線條拉得修長，尾端磨得銳利，即使偶爾歪斜了些，沒入紙張時，也能流瀉自己的主張。而現在簽名時，總會把位於它尾端的「田」簽作一隻蝴蝶，一部分是提醒美好，瞭解如何保持輕盈的姿態，一部分是想將母親承載在身上，將她喜愛的蝴蝶蘭擱在自己的形體之上。望著自己的名字，驚覺活著便是造字，必須鑿刻出屬於自己的語言，再進而透過這份語言去深掘自己。我們視為有生命的那些東西，都將增長出生命，當自身與字身緩緩地揉捻在一起，便不再是殘破世間中的多餘物事，而是直到你不再有意識之時，也能被永久保存的方式。

婚禮的新郎與總招待

永的婚禮，我被分配到總招待的工作，原先覺得慌張，深怕搞砸家人的終身大事，時刻都緊繃身軀，維持戰戰兢兢的備戰狀態。無奈即便事事謹慎，仍犯下許多小錯誤，首次肩負如此重任的我，一邊回應各式問題，一邊強作鎮定安撫永，同時也藉由吞吐而出的話語，平撫自己的情緒。無數個意外錯落發生後，不安寧的夜晚，慢慢也找到對應的節奏，所有的事件跌宕成為音符，而我只需要專心地聽，放鬆地隨之起舞。或許婚禮這回事，便是得眾人一同慌張著急，適合疊合諸多氣氛，眼淚和歡笑，回憶和嚮往。記得開場前，賓客差不多入場完畢時，永微顫抖著嘴唇，僵硬地跟我說，他不小心將直立照忘在家裡沒帶來……我頓時心裡突然覺得，婚禮似乎又變得更美好了。

哥哥大我四歲，名字只在後端差一個字，我是「田」而他是「永」。小時候總覺得哥哥的名字好我太多，常聽到「永字八法」，彷彿「永」字是所有字的源頭般，而我怎麼看都像是年幼畫房子時，總會添上的窗。也曾費心神地尋覓關於「田」的資訊，但找到的大多卻與務農有關。長大後細細思索，發現父親在取名方面，當真有講究，謄在紙上，「永」看著看著就悠遊，「田」看著看著也踏實了。

國中之前，和永的關係都很緊密，時常形影不離，共同捏塑不少回憶。永不僅是一名兄長，更是生活各方面的啟蒙導師，引導我童年的諸多品味：早餐店的挑選、料理的理念、讀物的選擇、臥房的布置、日常的穿著打扮、MP3裡要放入的音樂等等。小時候我和他常把臥房的兩張單人床併起來睡，於是床榻成為觀望世界的基地，早上出發探索，晚上又回歸休憩。有時也用上一整天窩在被窩裡看漫畫，或是以被褥形塑碉堡，用蒐集的蝙蝠俠公仔在上面玩遊戲，他大多是扮演蝙蝠俠，而我則詮釋最佳搭擋羅賓。

婚禮當天的上午是迎娶，需要通過伴娘們準備的三個闖關遊戲，由於伴郎伴娘都熟悉，在迎娶前許多情報攻防戰便默默開始進行。伴郎們透過網路找了許多闖關心得筆記引以為鑒，伴娘們在旁看到也總是嗤之以鼻。每臨大事需靜氣，前往大嫂家迎娶前，大夥一同享用早餐，談笑間整理服裝儀容，彼此眼神鼓舞了一番，當魚貫進入電梯時，我總有種在拍MV的感受，生命似乎在很多時間點，都會突然自帶背景音樂，看著愛聽古典音樂的永的背影，耳中響起由他介紹的《郭德堡變奏曲》（Goldberg Variations），「你可以聽聽看顧爾德（Glenn Gould）彈的那個版本」。

在最後一聲琴音落下時，我們正好抵達大嫂娘家，永的岳父岳母端出小湯圓，要我們先在沙發上休息，照習俗得吃點甜。而當伴郎們因為舒適感與甜食，氣勢逐漸鬆弛後，伴娘團領著大嫂出來，闖關遊戲猝不及防地展開。各項遊戲雖不如網路上的那些「經驗談」難，卻偏偏都是針對永的弱點攻擊，肢體和記憶的能力。在接二連三地失敗之下，永也陸陸續續帶著大夥完成許多懲罰，我甚至都懷疑是否因為準備的懲罰都被我們消耗殆盡，永才迎娶成功。

身為最佳拍檔的我躺在地板上，而永在我身上一邊做伏地挺身，一邊把我口中叼著的魷魚絲吃光時，突然想起最初也是永教我如何與女生舌吻。望著忽遠忽近的永，臉部帶著猙獰的微笑，相較於過去的意氣風發，此刻卻是顯得誠懇而不失禮貌。「先用舌頭輕輕畫過對方嘴唇，那是一種禮貌的試探，如果對方不願意，就要保持紳士，讓一切發生在嘴唇之外就好。」一面容呆滯的我想起了永是如何教我的，儘管時常顯得粗魯，但總渴望保持紳士的姿態，應該就是永一直以來的魅力吧。

是永教會我如何用簡單的方式填飽肚子：麵、水餃。其中最難忘的料理是「醬油麵」，做法簡單而粗暴：煮水，水滾後加入白麵，白麵煮熟後撈起放入瓷碗，瓷碗內加入醬油，完成。永在料理上灌輸給我的觀念就是「男人就該吃男人的料理」，而所謂的男人料理，說白了就是懶人大雜燴，不分青紅皂白地將食材混著煮熟，若要說有所依據，應該就是按當天的心情了。

亦兄、亦師、亦友的永，也幫助父母改正我許多壞習慣，說起來挺害羞，我小時候不愛穿內褲，總是裸著下半身在家大肆遛達。在一個打雷的下午，永突然很緊張地跟我說，聽說如果不穿內褲的話，雷公就會在下雨天把鳥鳥拿走。也許天公也看膩了我的身軀，話語甫落，窗外戲劇性拋來一片光亮，於是在神祕力量的簇擁下，我從此毅然地穿上內褲。至今每當遇到難以用科學角度去忖度的事情，腦中都會泛起當時的第三人稱畫面。說是一個畫面，但也是數個影像交叉映入：永真誠的眼睛、我的側面映照著雷光、窗外的暴雨和閃電的痕跡、木頭椅子上的內褲、腰部以下的通透與小夥伴。永不經意地教會我「敬鬼神」與「萬物有靈」的價值觀，儘管長大後，我才恍然大悟即使雷公存在，也不會無聊到來拿走我的鳥鳥。

永是在訂婚後搬出家裡，跟嫂子同居在城市的另一端。雖然不在一個屋簷之下，但兄弟兩人的關係卻也因爲距離而更緊密，永三不五時都會傳訊息給我，問問父母的狀況也關心我的工作。成長似乎就是應對生命變化，或許是因為他即將迎接自己的小孩，儘管大多時候如同巨嬰，許多行為也漸漸開始像個大人。

一向不太理會演藝圈消息的永，有天突然傳訊給我，用他一貫的粗礪風格鼓勵我：「演員就是表現一個生活型態、生活模式以及生活歷練給觀賞者。再接再厲，有人是有天分的，有人是需要努力。加油。」收到訊息的我很驚訝，光是前面對於演員的理解與闡述想必就花了他許多時間去構思，雖然也有可能是直接抄寫書上或網路上的資料，但我仍舊深受感動。猶豫了許久該怎麼回覆，一開始覺得被認為是個沒天分的弟弟，心中不禁悵然。後來反覆咀嚼文字內容，覺得永應該是提醒我，努力而有天分的人這麼多，怎麼樣都還是要繼續努力吧。「好像要開始承認自己是個凡人，也才能開始成就不凡」，某一次聚會，我這樣回覆他。當然這些思考，可能都奠基在個人腦補，但他就是有這種魔力，講著很粗糙的話，但給予人許多想像。

童年許多徬徨困頓之時，常是永為我挺身而出，兩個人在家玩木劍打壞餐廳吊燈的時候，想去網咖但沒有錢的時候，遊戲破不了關的時候。記得剛上國小時，我時常會忘記帶名牌，所以常會被罰站在穿堂。有一次永跟他同學經過，他一邊笑一邊走過來關心我，帥氣地跟我說，他等等就回去班上跟同學借名牌給我。仰望著他，瀟灑的笑容特別帥氣，而那天早晨直到早自習開始時，他都沒回來，最終是主任跟我說可以回教室了。跟朋友聊到，大多都覺得很扯，但卻常覺得這才是永的個性，也許他忘記了承諾，也許他沒借到名牌，也或許他想要告訴我一些道理。正如他傳給我的訊息，「有人是有天分的」，永雖不是總能解決問題，但他也總會在我躊躇不前時，先向前踏出一步，而這就是他的天分。

似乎是從永考上離家較遠的高中之後，我們兩個才開始變得陌生，當時我在母親的安排下，就讀一所離家較遠，位於臺北大安區的國中。兩人從那時起彷彿進入了不同時區，平日便只有在吃早餐時有所交集，假日時他會忙辯論社的活動，而我則是在家打電動和唸書。有時會在家裡見到他的女朋友，大概二到三任吧，印象挺模糊的，不過對我都很親切。

訂婚的那天，我跟他坐在同一輛車上，他主動要求我陪他坐在後座。前面開車的是他工作和生活上的最佳夥伴「丹尼爾」，英文名字如同某一任007特務，如果說永是M夫人，丹尼爾似乎在永的生命裡，也時常在關鍵時刻給予他幫助。而副駕是一個叫做「一休」的高中同學，人如其名，也時常幫永拿捏想法，屬於軍師型的朋友。

小時候我們挑了一套「獅子王」的床組，到了晚上就會打開天花板上的夜燈，然後把頭縮進被窩裡，合力用手把棉被撐起。類似幻燈片的概念，永會一邊看著棉被上的圖案，一邊跟我講故事，主要都是改編自原本卡通的內容，而延伸出來的許多情節都是我們生活中發生的事情，默默地將主角從我們兩個轉化成辛巴，當時我們都會將這個活動稱為「看電影」。不知為何，那些故事在耳裡總是特別迷人。

在等待媒人婆下樓的過程，我的眼睛不斷地以特寫的方式，捕捉他各式各樣的情緒表徵。永表情緊繃，微笑的嘴角仍不斷抽動，身上狂冒汗，雙手不斷穿脫訂婚戒指。即使我們三人都安撫他許多次，即使他表情故作冷靜，肢體行為也顯得破碎而纖弱，彷彿一輕碰那顫動，鬧哄哄的身軀內將亂馬奔騰而出。突然意識到好像可以把這畫面拍下，於是我拿出帶在身邊的底片相機，聚焦在他臉和手的細節，反正這些情緒都會過去，不如當作珍貴的時刻記錄下來。走下車透過車窗向內拍，若周遭都是生命中的好搭檔，此刻我的存在定位或許就是觀眾，負責觀看和記錄。

童年時，有一段時間始終都不肯放棄後輪有輔助輪的四輪腳踏車。小學二年級的我被永騙到了社區樓下的廣場，以各種言語威脅利誘將我逼上腳踏車，再三保證他會在後面扶著，我只管往前騎。一開始不太信，畢竟從小最不缺的就是各種被永惡整的經驗，但在面對與永之間難以跨越的力量優勢下，只好硬著頭皮一直往前騎，卻在永的幫助下我很容易就取得平衡。正當闔眼享受著風撫過臉頰的

感受時，永突然大喊：「已經放手囉！」走到臺前回過身，銀白色光柱亮得幾乎睜不開眼時，才發現已經到了永的婚禮現場。母親穿著特地在外面租借的紅色禮服，而父親則堅持穿著以往工作時特別訂製的西裝，永在他們的陪伴下迎接另一頭走來的大嫂。原來一切都發生地很迅速，我站在前方，觀看著腦內影廳播放的這一幕幕，一刻總是被拉得很長，而太過長的時間則都會濃縮成一瞬，才陰乾的情緒，此刻又被打濕。

想起小時候很喜歡蒐集貼紙，於是爺爺便帶著我去文具店，在那裡我獲得人生第一本貼紙簿。那本貼紙簿翻到最後面，可以填寫自己的資訊，我填著填著，填到「綽號：＿＿＿＿＿」的時候，猶豫了很久。那時正開始上幼稚園，其實沒什麼綽號，於是我就轉頭問了永。許多人總說，原生家庭會影響自己許多，大了四歲的永，比起父母堆疊了更多我的童年，連幼時的身分認同也是透過永達成。這次永成家了，從被他照護著轉而也開始扶持著他，我想名為「兄弟」的牽絆未來也將越來越深刻。

「哥哥，你在學校的綽號叫什麼啊？」

「石頭啊。」

「喔……」

於是我謄上綽號——小石頭。

圖圖，圖圖

因為永的關係，最近多了一個新的身分——叔叔。儘管嘟囔這個稱謂的小傢伙，嘴裡吞吐的字音，怎麼聽都像是「圖圖」。

小傢伙在嫂子肚子裡大概第六、七個月時，父親就開始日夜構思孫子的名字。儘管永和嫂子也傳達自己的想法，陸續試著拼湊出一些字詞傳到群組中與大家分享，但每天晚上準備睡覺前，還是會看到父親坐在書房邊上的背影。一邊翻著字典尋找寓意，一邊試著揉合哥哥、嫂子的構想與自己的想像，喃喃自語的父親，昏暗的燈光緩緩輪轉，透過一些微小的行為，人類總是有能力對他人的生命祈福。

父親自小便知道自己不愛讀書，但不知道為何對於為文遣字總有著某種堅持，現在想想，也許自己對於文字的癖好，或多或少受到父親影響。儘管最後並未採用父親在那幾個夜晚中尋覓到的文字，但紙上行間透露出中父親對於孫子的期望，在眾多名字中，不斷重複著的字有「定」、「和」、「立」、「卓」、「正」。而母親一如往常，看到父親傳送了這些「信仰」後，也簡短地回了：「你不要管太多。」

曾讀過的心理學文章指出，許多實驗都證明：透過相信，確實能創造所謂的「奇蹟」。曾經醫生、生理學家都聲明人類不可能在四分鐘內跑完一英里，但當時有一名跑者卻始終懷抱強大信念，最後努力突破了這個限制。在這名跑者之後，陸續越來越多人也突破了這個以往被證明無法達成的速度。給予一個名字其實無異於交付一個信仰，「命名」除了作為生命的第一個祝福贈與，也夾帶著運命的傳承。從恒的名字，窺視了撫養者的性格，「恒」為恆的異體字，永說，覺得自己很沒有耐性，希望自己的小孩能夠有恆心。「二為天地，日為其中，永恆之意，心字旁」。聽到我若出書會寫到恒之後，永又趕緊補了這麼一句。

恒出現後，無論私下聊天或在公眾場合，對永的稱呼也漸漸改回「哥哥」。似乎從我學會父母呼喊他名字的方式後，便很少這樣稱呼他。這樣的改變興許是因為對「家庭」與「血緣」的觀念開始變化，如同在心裡植入一個意念，原先我們在乎的都只是「個人」，長大後漸漸才懂得重視「關係」。另一方面，心裡也開始想，作為一個專業的叔叔，還是得把社會約定俗成的道理傳承給姪子才對。恒的出現，將家人的輪廓勾勒地更為緊實。父母因恒的出現而變得年輕，馱負生命的疲倦被忘卻，原本彷彿被時間遺棄的乾涸，從面容細微皺痕處湧現生機。永則從家人公認的「大老粗」，變成了寵兒狂魔，三不五時就在群組裡，鉅細靡遺地對各種嬰兒商品做評論分析，社群平臺上也充斥著恆帶給他的人生感悟。平均一、兩個禮拜會跟恒見上一面，而群組裡大嫂和哥哥總也不斷分享著恒的日常——開始嚶嚶自語，好奇又猶疑地嘗試著各種食物的滋味，因為看到動物、昆蟲與鮮豔的顏色而興奮。

自從存放越來越多與恒有關的照片和影像，手機也以人工智能漸漸融入恒所帶來的變化，開始粗糙地將他的模樣整理記錄。有趣的是，小孩子容貌變化得特別快，短短幾個月，就整理成了三個不同的人物。家人群組裡，出現以往不曾關注的商品：兒童烏克麗麗、恐龍形狀的沙發、幼兒繪本、各式營養食品。逛街時，也常會不自覺地站在以往不曾停駐的區塊，開始注意起各種兒童用品。血緣除了

Safe and

牽掛著認同感，隨著脈動，也確實有著那無以名狀的牽引力流淌於體內吧，我是這樣相信的。當我們為他的成長添上祝福，他也為我們的生活洗滌穢濁。時刻間看著他學習與成長，不自覺地也被感染，原先厭倦於生活的諸多細碎，凹陷處此刻流瀉新意，認知自己不該停滯，必須得持續耕耘自我。

有時打開通訊軟體內群組留存的合照，似乎也從自己觀望恒的神情中，找到了父母觀望我的目光。看著他曾經那麼無力的雙腳，從爬、到站、到走路，甚至跳躍和奔跑，親眼目睹那樣的成長，才明白原來簡單地前行，是需要付出這麼多心力的事情。如果他都能做到，那我現在正在進行的學習又有什麼困難的呢？如果將所需學習的一切都視為必須，那許多問題也就不再是問題，而只是藉口罷了。

恒長得跟永很像，每一次去見他，都會花些時間陪他玩，教導他一些自以為是的價值觀。永當初也是這樣引導我學習生活的方方面面，似乎畫了一個圓，從學習的那一端，繞了繞，不知不覺地到了教導的那一端。元宇宙等等的名詞出現後，我總覺得不久的將來，走著走著又變得開始從恒身上學習。不由得驚嘆，原來從書本上學到的傳與承是這樣的感覺啊，年歲增長，越能明白以往嗤之以鼻的刻板情感，是如此踏實而豐盈的存在。

恒跟我的互動方式隨著時間的前行，也漸漸地產生變化。一開始他看到誰都是笑著的，後來眼珠子裡生出意識，有了思想後，開始會認生。於是兩人又重新習慣了彼此，每當見的頻率少了，兩人互動便會有生澀，但一旦見面頻率多起來後，卻又是十分親暱。我總喜歡在與他的互動中，觀察他閱讀世界的方式，沒有樣板，無止境地接納與吸收。在他真璞的雙眼裡，我也是一個新的降臨。在互動過程，總能感受自己的某部分與他相連，不知道是不是心理作用，我相信他也能隱約感應到這名為「家人」的連結。在那最幽微稚嫩的地方，蘊含著無法用邏輯述說的愛，親暱不時滲透而出。

有一次永和大嫂來我們家吃飯。兩人因為平日照顧小孩，沒有太多時間打理自己，永想去理髮，而大嫂也想去按摩放鬆，於是就讓恒待在家裡休息，由爸媽負責照顧，我則一旁輔助。一開始都很平靜，父親和母親開心地看著恒在他們床上睡著，拍了幾張照片，兩人一人一邊包覆著自己的孫子，在恒的陪伴下相繼入眠。無預警地，恒突然在床上醒過來，驚覺處於一個陌生的環境，兩旁傳來的也不是以往熟悉的氣味，於是開始嚎啕大哭。因為恒時常對父親熱愛穿著的紅色上衣感到興奮，充滿無比自信的父親，毫無猶豫地便自告奮勇負責哄恒。一手荷著恒的身軀，另一手輕拍恒的背部，配合身體的輕輕搖晃，本掛著慈愛笑容的父親，在恒逐漸加大聲量的哭喊下，眼神漸轉惶恐，我看著手足無措的父親與聲嘶力竭的恒，和走出房門的母親相視而笑。信心瓦解的父親緊張地把恒交給母親後，開始暴躁地連環打電話給永，我則在一旁努力安撫父親的情緒，替哥嫂爭取難得的放鬆時間。

正當一切荒謬得像場鬧劇時，原先客廳不斷傳來哭鬧聲的恒突然安靜下來，我好奇地過去，從牆角默默伸出頭偷看，發現母親手裡拿著永訂婚時的全家福，「這是誰呢？」一邊問著恒，一邊輕拍恒柔軟的身軀。恒很專注地看著照片中的永和大嫂，許久後，開始用手輕拍照片中的他們，不知道是想嘗試把永和大嫂抓回來，還是想透過照片傳達一些意念過去。父親此時也拿著手機從臥房走出，在我身後緩緩探了頭，三個人就這樣安靜地圍繞著恒，一起等著收到通知的大嫂跟永趕回家。

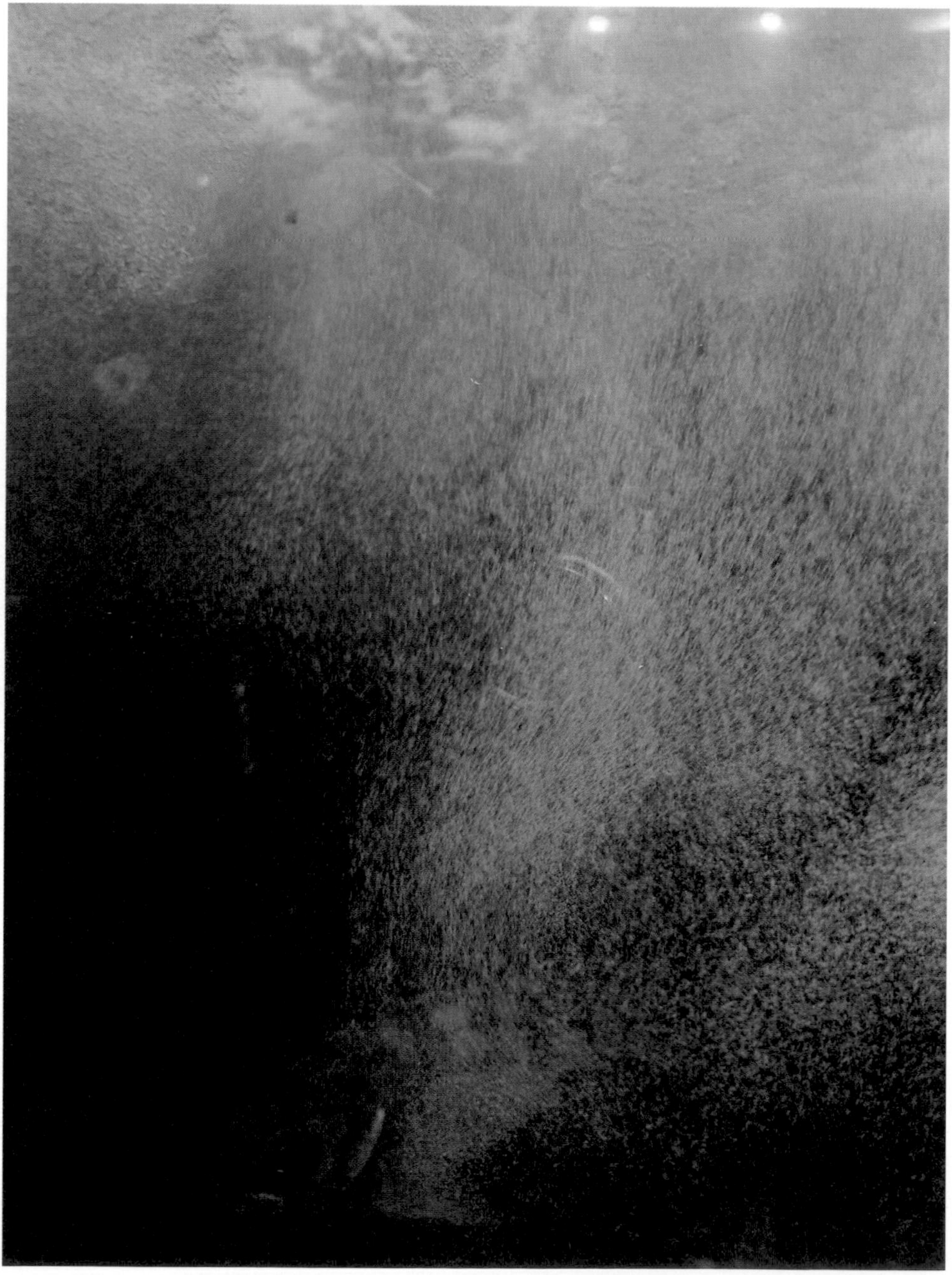

恒特別喜歡動物，於是哥嫂很常帶他去動物園或是海洋館玩，興奮的恒總是會跑來跑去，耗盡體力之餘，也能增廣見聞，算是最有效率的「放電」的行程。有一次我特地穿了一件粉色怪獸的大學T，恒看到我身上穿了一隻怪獸，就很好奇的過來摸，而當他一摸到粉色怪獸時，我就隔著口罩偷偷地發出低沉的喉音。於是，整趟行程他不時地就會來摸我的衣服確認聲音的存在，每次聽到怪獸的低吼，也都滿懷笑意得意地離去。

一次家族聚餐中，大嫂跟我說，恒只會說「不要」跟「好」，我覺得很有趣，便決定訓練他說「不好」跟「要」。雖然「不要」和「好」就能應付大多狀況，如同英文裡的 Yes / No 萬用是非回答，但我還心裡總希望他能夠參透用詞的差別。於是當恒玩到一半，突然想找我抱抱時，我用了他時常拒絕別人的方式回應他「不要不要」，我想那或許是恒第一次被拒絕，當下呆住三、五秒。我看著他的眼睛，希望他能慢慢明白：「不要」有時是任性的，得用「不好」去講述才能有所憑藉，而「好」有時太過委婉，「要」才能讓人明瞭。愣住的他並未對我點頭，而是將頭一轉繼續玩他的積木玩具。

在恒常玩樂的客廳小角落上頭，擺了許多漫畫書在玻璃櫃中，「這是我的傳家寶，希望恒未來也能喜歡看漫畫。」永幼稚地跟我這樣說。我當初是因為永的關係，才喜歡上看漫畫，無論是基因或是原生家庭影響，相信恒未來也一定會喜歡看漫畫，這些傳家寶或許也會形塑類似的價值觀，想著想著，也好想去看看未來。不久後，他將學習到如何定義各種情緒，慢慢地，他會了解愛是什麼、恨是什麼、緊張是什麼、恐懼是什麼、快樂是什麼、悲傷是什麼，儘管過去的那些事最終都會成為小事，但那些小事也將組構我們的人生。他也會慢慢知道，當我們看著他的時候，快樂將帶著酸澀，希望也常會伴著落寞，世間從不只是一種樣貌。生命很長，謝謝他的出現，讓原先疲倦地躺在泥濘裡的雙腳，又有了前行的依據——外人總會理解成我們陪伴他，而似乎只有家人會明白他在陪伴我們。

想起被稱呼為「圖圖」的那天，從永和大嫂住處返回家後，在筆記本上寫上「圖圖」，黃褐色的紙面，兩個字橫在上頭，看著看著也像「團圓」了。隨著年紀增長，家的概念在心中也漸漸加深加濃，它從不明確地告訴我們道理，但總能讓我們慢慢找到自己的定義，何其有幸。

「哈囉，恒。」

「圖圖！圖圖！」他咧著嘴的笑容，似乎能溶解所有馱負在身上的重荷。

和尚、孫子

有段時間，對於「朋友」一詞總感到彆扭。雖然能與多數人保持友善，但若要主動說對方是朋友，思緒便猶如被枝枒禁錮的風箏，一端順著絲線大力拉扯，另一端則頑固地將自身嵌入枝頭，在陽光的曝晒下，被風鼓動的身軀，顯得浮腫而蒼白。彆扭的原因並非不認同對方，大多是害怕自己的一廂情願造成他人困擾。因此，最害怕的訪問題目從來不是感情問題，反而是友情問題，「演藝圈中，最要好的朋友是誰？」語氣上揚的問句帶著微笑，此時一顆冷硬的石頭倏然砸進胃裡，緩慢而冰涼地下沉。

某天早上醒來，突然想起幼稚園時的確有過兩個最要好的朋友，一為湯姓，另一為曾姓。那時，首次加入非血緣關係組構的群體，諸多迥異於我的姓氏在身畔泛起聲響。新的指示，新的規律，漸漸將我從原生家庭的獨占中剝離，而以往所認識的一切，突然顯得微渺。相較於兩名摯友令我著迷的姓氏，他們的名字始終仍擱在某處，披蓋一層薄灰。這類遺忘，常被認為不珍惜，但我卻認為倘若記得名字，倒背離了真實的印象。就如同有些人稱呼我為「知田」時，總能感覺對方臉上掛著的燦爛笑容，始終投向極遠之處，在那無法觸及的壁面之上。

分別以「和尚」和「孫子」稱呼這兩位幼稚園摯友，代稱出於由今遙望過去而產生的直覺。若理性分析，一個用以歌頌圖像思考帶來的啟發，另一個則是提醒自己不能停止於知識上的追求。簡而言，「和尚」與「孫子」兩個代稱，不僅對我而言有情感的依據，也成為我存放記憶的載體，不致成為罣礙：

「和尚」源自於兄長幼時教會我背誦的繞口令——「和尚端湯上塔」，拗口的字詞組構滑稽的圖像，當時腦海中的畫面大概就是光頭和尚穿著黃色袈裟，雙手緊端濃郁的紅色肉湯，躡手躡腳地攀登溼滑的石梯，行走緩慢除了擔心將肉湯灑出，也生怕無法抵禦錯身而過的風，鬼祟地將繫在腰間昏昏欲眠的油燈吹熄。興許是覺得和尚、湯、塔與滑跤在腦內所構成的畫面十分有趣，於是就一直惦記著這段文字。

「孫子」則是因為年幼的我剛從家人的口中學會「曾孫子、曾祖父」這一類的詞彙，原先接觸到的大多是爺爺、奶奶、阿公、阿嬤一輩，透過學習才發現原來在稱謂加上「曾」便可以稍微往上或往下挪一挪，如同升級一般，拓寬了視野。若有一個人叫做曾約翰，比起單純的 John，似乎也真的高了一階，變成約翰 2.0 的存在。那段時間也想過，或許我改姓「曾」也挺好的。

「這是一座城堡」。當時的我總是這樣想，彷彿這裡就是全世界。名為「福祿貝爾」的幼稚園，大門進去便會經過一個長廊，長廊兩側共有三個教室：數學教室、音樂教室和老師們的辦公室。在長廊的後端有一個廣場，安置了巨大的球池和溜滑梯。廣場左側有一道門，進去後的空間分為上下層，上面是小班的教室，下面則是中班的教室。而廣場右手邊的階梯兩旁，一邊是大班的專屬位置，另一邊則是廁所，裡面安置了排列整齊的便器。廣場右側階梯往上走去，有鋪著木頭地板的空間，平時主要用來午睡和播放電視卡通。當時所有人最愛的一堂課是卡通時間，每當進入這個場域，整個身體便會像是溶解一般，舒適地浸潤在整個空間。一群人朝著一個方向，在關得漆黑的空間中，唯一的光源便是前方的映像管電視，而木頭地板反射出斑駁的微光，則有如水面波光，閃爍蕩漾。

在這座城堡裡，我、和尚與孫子總是一起行動，連上廁所也常常相約。城裡的廁所很有趣，分為小解區和大解區，兩區不相連，座落在不同的位置。小時候能玩的東西不多，我們三人常常肩並肩站在小解區，眼望前方流水淙淙，時而接力，時而同時，讓自身與流水牆做短暫的連接。古時有桃園三結義的美談，當我們三人將支流匯進眼前奔流直下的瀑布，隱隱約約也有種歃血為盟的感覺。不知道從哪裡聽到了「三劍客」這個詞，內心也默默地將我們三個稱為「福祿貝爾三劍客」，而孫子是我們三人的老大。

三為多數，而成為多數便能引領風潮。記得在一次歃血為盟的行程後，我們在洗手時靈機一動創作出一個雖然比較像漫畫《七龍珠》裡的達爾，但卻名為「鹹蛋超人」的髮型：先以雙手輕捧清水將額頭前端的瀏海微微弄濕後，再用手指撥弄，緩緩將瀏海集中為一束即為完成。唯一的重點是水量不能太多，循序漸進地疊加濕度，若急於速成，便會成為傳說中的河童樣貌。因製作方式容易，又夠顯眼，原先屬於三劍客的團體造型，引起同學們爭相模仿，逐漸開枝散葉，傳遍整個班級，又再進而散播到其他年級，最後風靡了整座城堡。

為了遏止這樣奇怪的潮流，班導也在課堂上將我們三人叫到面前訓斥，也忘記被訓斥的原因究竟為何，但記得當我誠實地告訴老師，我覺得這樣可以更帥、更特別，坐在老師身旁的一名男同學突然插嘴嚷嚷：「可是這樣地球就會沒水了欸！」我疑惑地看向那位男同學，他表情正經不像開玩笑，戴著眼鏡似乎很有學識，身形微胖又更顯踏實，穿著黃色T恤與綠色的短褲，似乎又代表著大自然發聲。「原來這樣地球會沒水……」雖然心中總覺得怪怪的，但師長在該名男同學說完後，也保持沉默並未做出指正，我便這樣被說服了。懷抱「英雄」夢創造而出的髮型，在背負整個地球水資源的責任下，也該遵循正義的方向，誕生與毀滅都繫於一瞬。童年的無知，總身著浪漫的衣裳，或許當時還沒意識到自己的渺小，常認為只要改變自己的些許行為，便可影響地球甚至是宇宙。

三人的緊密，也曾出現裂痕。幼稚園時基於有趣，加上可以不用乖乖坐著，我很喜歡幫老師按摩肩膀。有一次正當我研究老師肩膀的肌肉起伏時，老師突然對我說，之後我可以在他開會的時候作為班長管理秩序。當時不明白，等長大一些後，透過許多宮廷劇才明白這就是所謂的得寵。某天，和尚在我的管理下仍顯得不安分，不停和四周同學打鬧。或許是嫉妒他們可以玩耍，而我原先的自由特權卻變成了約束；或許是感到不被尊重，明明我被指派管理秩序，而最親密的好朋友卻如此不守規矩；也或許是對於朋友的占有慾，因為身分不同，失去原先環繞身邊的朋友，在臺前顯得孤零零。

在口頭警告幾次後，我仿效老師的做法，對不聽勸告的和尚施以幼稚園最恐怖的懲罰：雙手高舉罰站。揣摩老師的口吻，顯擺自己的身分，和尚漸漸安靜下來，儘管眼神參雜了不服，憤怒卻將他包裹並無止境地縮小，比起剛剛的不順從，此時他漸漸被我的指令制約。我雙手環繞胸前，試著以邏輯推導出履行正義所應獲得的滿足感，望著和尚瘦痛卻不得不高舉的雙手顫抖，彷彿墜落汪洋，努力地試圖抓住身邊的漂流木板。他按捺不住的淚水，從眼角緩緩落下，我從他看著我的目光中看見自己，當下我站立原地，恐懼而不敢輕舉妄動，腦袋始終擱置在無法斟酌的高度，生怕過多的目光都會將自身摔得破碎。

開完會的老師打破了僵局，恍惚中，遠處跑過來的老師取消我班長的身分，比起失落，反而鬆了一口氣。傍晚回家後，體內隱隱流淌冰涼，纖細的肌肉收縮堵塞，溫熱了肌膚，卻質解為酸楚，闔上眼總浮現和尚不屈的眼神和老師嚴肅的神情。隔天，卸下管理者的身分後，和尚也對我消減了許多敵意，友情並未如我所想像的脆弱，雖然他沒主動向我說些什麼，但以孫子作為黏著劑，我們三人仍舊一起行動，點滴繕補友好的氛圍。生命似乎都會在某些階段，發生一些事情，打碎原先的身軀，又再重新組合成不同的模樣，友情並沒有到此為止，但似乎與原先的狀態又有所不同了。

畢業前夕，和他們約好在同一所國小相見，那是哥哥、表哥們都就讀的學校，總覺得想當然爾就會依循這道軌跡。而在父親突如其來的搬家宣告下，友誼猝不及防地畫下句點，發出手指刮過黑板的聲響。戛然而止，我、和尚和孫子再也沒有見到面，也沒能好好道別。他們兩個雖然都到了同一所學校，少了我之後，不知道是否會繼續陪伴彼此，或許少了我而多出的空缺，也輕易地就會被誰添補。沒有什麼是無法動搖的，年幼時只能安靜地遵循大人的訊息，時間會流逝地很快，我們也跟著很快地長大，許多情感會漸漸隱藏在回憶之下。

搬家後，母親買了兩套百科全書給我和永作為課外讀物，裡面有個實驗十分

有趣：以檸檬汁或是柳丁汁做為墨水，在白紙上寫下的透明訊息，只需隔著燭火烘烤紙張就會顯現出來。想起「和尚」與「孫子」的那個早晨，窗外灑進的日光映照著腦海中那一小片原先無字的空白，宛如文火烹煮記憶，虛構與真實即使閃耀出不同的光芒，也生長同一雙眼眸。而翻找回憶的有趣之處，便在於故事的不完整，人事物總隨著時間而變化添補，你所遷徙而至的未來，都將有機會改變你曾駐足的過去。即使不是藉由你的自身，而是任憑它擱在那處，也能自然地發生變化，仍舊活著，並未死去。

最近特別喜歡看著他人的背影，和電影《一一》不同，並不是為了幫對方看見那些看不到的東西，也和朱自清的〈背影〉不同，並非記錄對他人的真摯情感。漸漸明白，大多數遇見的事情，都會像是昨天才發生一樣，只是一覺醒來，眼前的清晰景象卻總使那些昨日都顯得朦朧。於是，人只有回頭的剎那，才能望見原先遮掩視線的水霧散去，而望著他人背影的我只是期待著看見他們的神情變化。未來將認識許多人，也將道別許多人，而只有回憶能夠持續地生長在思緒的土壤中，只要能記得，都將加深輪廓、萌生新芽。不知道為什麼，這樣想著想著，對於談論「朋友」，似乎也就放鬆許多了。每個真實都只存在於每個當下經歷，不再使勁地拉扯絲線，不再努力地去找到解釋和定義，攀爬上枝頭，輕輕地撥弄枝枒，讓擱置許久的風箏與藏在枝枒間的果實，一同掉落在地。

三重埔凱薩

三重忠孝路上的「凱薩天下」，是記憶中的第一個家。大概是從幼稚園開始一直住到幼稚園畢業，而幼稚園之前的居所，腦海裡幾乎沒有任何畫面。當時住在頂樓，常常會在陽臺邊上坐著，或是趴在牆邊、雙掌撐著臉頰等娃娃車來接我。陽臺一側有個拱狀鐵門，打開門閂後，左轉便可以輕易地登上天臺。由於當時還不高，加上傾斜角度的關係，踩著階梯向上，便能透過ㄩ字形的景框望見廣袤的天，兩側圍牆像是用雙手環抱著天藍。

大樓的天臺，基本上沒有其他鄰居會上來，於是天臺默默地在心中成了家的一部分。天臺上有遠高於我的圍牆，母親總放心地讓我在上面消耗體力，無論我怎麼蹦跳玩耍，都能感受著母親在底下支撐著，像是穩固的土地。每次站在天臺的制高點，往下望去都有無以名狀的安穩，長大後才知道，那是安定扎根的歸屬感。彷彿以我們家為切口，這一側只由我們獨占，而其他人都在另外一側。

記得有一次，因為太貪玩，開了門閂便急著跑上天臺，結果關鐵門時不小心夾到了大姆指。當時整片指甲都瘀血紅腫，而指甲邊緣處也微微翻起。不確定是否為夢境，印象裡，那次在醫院，醫生是把整片指甲夾起來後，才開始清理傷口，完畢之後又幫我將指甲重新安上。那次經驗後也開始有奇怪的習慣，每隔一段時間就會拿釘書機釘自己的手指甲。總感覺指甲是如此堅硬，但內側指腹裡層又是這麼柔軟，它們究竟是倚靠著什麼才能夠結合在一起？比起感受疼痛，更像是在確認存在，生怕一時不注意，它們就會不合而分離。

「凱薩天下」除了爸、媽、哥哥外，還有爺爺。奶奶和爺爺之間有些情感矛盾，於是只有爺爺和我們住在一起，奶奶則和姑姑們住在臺中。長大之後也才慢慢知道兩人感情不睦的原因，雖說知道，其實也是模模糊糊，消息來源的父母輩本就難看清全貌，而時間久了，就算現在真的能詢問爺爺奶奶，想必他們也都忘記具體因素了。

小時候我很怕鬼，「凱薩天下」的家只有一間廁所，在客廳與餐廳的交界處，當客廳與餐廳都沒有人時，我總不敢走出房門去上廁所。有一次在臥房午睡，時常尿床的我，難得感受到尿意而起了身，一旁父親正熟睡。看向門外，母親帶哥哥出門了，而另外一間爺爺的臥房安靜無聲，沒有其他家人同在的聲響。既不敢因為自己的膽怯而叫醒父親，又不敢克服自己內心的恐懼獨自去上廁所，於是在床上僵持不動了許久，進退兩難。最後在快忍不住之際，靈光乍現地揣測出一個方法。我緩緩閉上眼睛，慢慢將身軀放鬆，用深呼吸催眠自己嵌入上一刻的睡姿。如同往常一般，腦海中喚出每次夢裡總是太過真實的馬桶，ＰＯＶ的視角，將褲頭拉下，空氣中逐漸瀰漫氨味，不同的只是原先耳中朦朧的嘩啦嘩啦，此刻卻是清晰無比地響著被悶著滴答滴答。

微微感受那濺上肌膚的濕意，一切彷彿邁入正確的軌道上，只聽見父親大聲冒了一句「他媽的」後，衝出了房門。雙眼緊閉的我，意識到自己在重要環節出了錯，卻不敢睜開眼將褲子拉上，深怕被發現因膽小而蓄意尿床。廁所傳來父親洗手的聲音，內心侷促，我光溜著下半身躺在床上僵直不敢動。「我不該拉下褲頭的，夢裡的我是無法把現實的褲頭拉下的！」洗滌聲戛然而止，思緒隨拉回了現實，睜開眼睛便是看見父親慍怒的面情。我並沒有成功逃過父親的責難，父親

嚴厲地質問為何要蓄意尿床。「究竟是左手，還是右手呢？」我迴避父親的眼神，沉默沒有回應，將注意力徘徊在父親剛剛被我洗禮過的雙手間。自認乖巧的表現，沒有平息父親的怒火，正當我腦內一片空白，不知如何是好，突然爺爺臥房傳來吱呀聲。原來爺爺沒有出門，只是睡著了，回憶的畫面裡爺爺也沒對父親講什麼話，但我最後成功脫離危機，跟著爺爺去公園玩了。從那時候，我深刻明白，一山還有一山高，有時候知道對方的老大是誰，就一切好辦了。

有時我會一個人在爺爺的床上玩衛生紙，透過摩擦衛生紙便能夠產生衛生紙屑，因為重量輕盈，會在房間飄大段時間，那時覺得像是某種魔法，幻化出許多白色微粒狀生物陪伴我。爺爺房門一進去的左上角，接近天花板處有一扇方窗，當天氣好的時候，陽光下可以看見它們婆娑舞動，用手輕輕撥弄，便會沿著手的邊緣快速滑過。當它們一部分累了輕輕停在地板上，便再次搓揉手上的衛生紙，讓光束中添補上些許白花花的飛絮。記得有一次，也不知道怎麼玩的，一不小心就將自己反鎖在爺爺房間裡，母親緊張地在門口教導我怎麼打開喇叭鎖，我在房門裡卻只使著勁地哭。我一邊拉扯著嗓子哭泣，一邊望著方窗，門外母親焦急地聯繫鎖匠，方窗外天空中的白雲被風驅趕著，如同我用手揮著衛生紙飛絮，有的回過身繪了一道軌跡，有的則是使勁向前奔去。鎖匠打開爺爺房間門鎖時，我彷彿淋了一場雨上半身被鼻涕、眼淚、口水所浸透，下半身則尿濕了一地，或許司空見慣了，鎖匠收取該拿的費用便冷靜地離去。

當時哥哥已經開始上學，家裡的柴犬 Hana 是我主要的玩伴，常常一起在天臺玩樂。記得有一次，和 Hana 玩著玩著，突然聽到角落處傳來奇怪的風聲，我們躡手躡腳地走過去後，發現以往闔上的通風口門被打開了。漆黑裡不斷吹出的熱氣，瀰漫著一種神奇的魔力，小時候的我禁不起誘惑，儘管有著畏懼還是不停地朝著它接近。「Hana 狗，Hana 狗」我隨著母親這樣叫牠，在湊著那個洞口窺探許久後，我禁不住好奇心的撩動，帶有暗示地輕輕地推了一下 Hana 的身體。「如果故事裡有一把槍，那它就非發射不可。」這是曾讀到劇本寫作的定律。我常在想，也許人類本質就是看到一個洞口，就會想要貼近觀察，甚至好奇地把頭伸進去。還好 Hana 始終不願跳入那如同童話故事般的兔子洞，於是我也還能演戲和寫寫東西，也才知道牠的名字應該是「Hanako（はなこ）」而不是「Hana（はな）狗」。

年幼因為體型小，加上意識上的各種修飾，物事雖已經脫離實際的樣貌，但卻顯得特別清晰。每個居住過的地方都有名字，有些是它們與生俱來的，有些則是我稱呼它們的。而名字後總繫著一幀幀的畫面，在腦海裡時而更迭而至，時而魚貫分離。直到現在還是不時會想起Hana，在街上遇到柴犬也特別親近。「Hana怎麼不見了？」在前往下一個家的路上，剛哭鬧完的我，望著車窗外的天空詢問父親。父親告訴我因為下個社區不歡迎牠，只好在搬家前送給了隔壁的鄰居。坐在車上，雲朵像是雪白色的磁磚鋪滿整個空間，鄰居小孩隔著一道女兒牆向我揮手，Hana咧開嘴搖著尾巴。回想起，幼年時天大的事情，就只剩下鼻涕、口水、眼淚、尿和窗外的天空。

成長好像就是進入那具有神奇魔法的洞口，沒有什麼勇氣的問題，你也無法抵抗地被吸了進去，而途中沒有縮小藥，只能將標著「吃我」的生長蛋糕一一吞下。「醒來會是夢境嗎？」剛搬離的某一段時間，我總是這樣想著。電影《里斯本夜車》（*Night Train to Lisbon*）裡面講述了一段話，大概是這樣的：「當我們離開一個地方時，總是會留下某部分的自己。所以我們總是在那，即使我們已走遠。那部分的留下，將會隨著我們的再次到訪，自己與自己相遇。」有趣的是，每當再經過那些地方，甚至只是想起，便又會遇見某一部分還留在那裡的自己。於是，當交換了彼此的呼息後，似乎也將囤積許久的意念消化，各自又是住進各自的日子，等著下一次的遇見。想想，世界以遠大於人成長的速度不斷長大，每個人都在試圖追求永恆——某種企及世界的方式，從生命，從靈魂。透過物品、透過話語、透過回憶、透過創作、透過生活，就這樣折疊了空間與時間。

母親穿著短袖衣褲，在偌大的陽臺上幫 Hana 洗澡，陽光灑落，隨著清水刷洗著整個空間。依偎水泥地板不規則的波紋，而當傾斜角度流出的水沾濕赤裸的腳，童年的我正趴在陽臺邊上，等著福祿貝爾幼稚園娃娃車來接我。突然聽到客廳傳來中氣十足的笑聲，走進家門玄關，父親坐在沙發上，方正厚實的映像管電視，播放綜藝節目《百戰百勝》。音樂老師的音效聲襯在空間，爺爺從一旁廁所走出，此時一個小小的人影衝進臥房，害怕鬼的我拿著廚房的餐刀和餐叉，依偎著牆角，希望能嚇到使我畏懼的鬼。母親順著我的哭聲，從滿臉淚花的我手中接過刀叉，腰間繫著圍裙，將我抱住。當視線垂落到床上的尿漬後，搖了搖頭走去儲藏間拿新的床套。而母親身後房門，角落邊上有一扇方窗安靜地透著光，想撫平正顫動飄舞的人造冰絮。

此時屋頂傳來 Hana 奔跑的聲音，穿透了天花板的混凝土，站立在通風管道上平臺的我和哥哥，被雲彩抹得酥紅，眺望被夕陽火光淹沒的三重。將畫面再拉得更遠一些，喚作「凱薩天下」的家，就像一張巨人的臉，原以為站立在巨人的鼻尖，閉上眼後，隱隱約約卻似在巨人眸子裡觀看整個天穹。

坑洞裡的彩虹

記憶的區段，大都是以「家」為度量單位。

回想過去，家總隨著經濟狀況的好壞而遷徙，單論家的移動與環境的變化，我算挺熟悉的。從沒有記憶的幼童階段，便住過中永和一帶與天母一帶，後來搬到了三重忠孝路，之後陸續是新莊中和街與中平路、臺北圓環仁愛路、師大金山南路。而我自己又在退伍後，一度為了追求自由獨立，獨自在臺北過著游牧人的生活。說是游牧，原因在於每個地方平均也就停留四到五個月，雖說租房契約總是打著一年，但每次總會在住膩的時候遇到一些狀況，能在約還未滿時不被收走押金的搬離，想想這似乎也算是一種才華。

可惜的是，始終也都沒離開過雙北地區，所以對我而言，離開家鄉適應新環境這種自小會幻想的劇情，從來不曾發生過。原以為求學或服役階段，生活將無可迴避地被牽引到別的地方，但沒想到除去幾次工作與旅遊，生活重心始終扎根在此。總是一處移往到另一處，帶著方便移動的家當，竄進城市裡的孔洞，在裡頭留下印記，作為生命的刻度。深信重心必須有所偏移，才會產生流動，而那些破碎而零散的生活，都將在更底層相連，匯聚成自己的視線。

名為「一道彩虹」的社區由幾棟分別以英文字母標記的高樓所圍聚，中央包著一個凹陷的中庭，像是巨大的坑洞。坑洞的邊緣，是一個趨近於圓形的寬走道，若想探索中央，需要從旁邊的四個階梯走下去，坑裡有個像是瀑布的公共設施，幸運的話，能在水花飄落的地方看見彩虹。常在想，之所以稱為「一道彩虹」，便是源自這道凹陷坑洞裡不時浮現的虹光。而水面上時常會飄著從走道掉下的各種球類，我們總是在池子邊拿各種器具將球撈上。而寬走道的正下方，是依著上面形狀的圓形迴廊，連通圖書館、會議室和運動中心，運動中心裡頭有撞球桌、桌球桌、健身房。

大概是小學三、四年級，九二一大地震，社區的圓形寬走道上站滿住戶，蘊吐著睡意的我，朦朧中聽到許多人聲。母親將車門關閉，發出了像是整個空間吞嘶的聲響，空間彷彿真空般不再有吵雜聲與強烈的情緒波動。低頻率的引擎運轉聲，鬆軟原先緊繃的情緒，配合不平整的柏油路輕輕搖晃，想像漂流在巨大的海洋，底下有隻閃耀螢光色彩的巨鯨托著車子前進。

從夢中醒來時，已在家裡附近的停車場過了一整夜。回到家裡後，世界開始顯得陌生，新聞畫面一連多天都重複播放高樓倒塌的影像，不斷地提醒我，四周的白牆、天花板、和方格狀地磚，都不如我想像的堅固。「建築物是會崩毀的。」這樣的想法此時一閃而過，後知後覺的我才意識到，原來黑暗中躲在桌子底下的母親和急著帶全家離開家裡的父親，並非如此的滑稽莫名。

因為九二一大地震，班上轉入來自埔里的新同學，個性十分活潑，很快就和大家打成了一片，常常一起穿梭在各樓層的廊道，玩著官兵抓強盜的遊戲或是在中庭兩側的花圃做障礙跳遠，只有成功躍過水池的人才能被稱作「勇敢」。大概小五的時候吧，忘記是他原本住家修繕完成還是有別的安排，他突然就轉走了。學校少了一個熟悉的面孔，廊道彼端傳來熟悉的吞嘶聲，整個空間倏然凹陷成谷地。

爺爺在「一道彩虹」時期離開人世，喪禮那天，我一個人被留在家裡，外面下著雨。我爬上窗臺，視線被窗面上滑落的雨滴牽引，這裡原先能透過兩座大樓的空隙，直勾勾地看向國小的穿堂，哥哥有時會在那邊練跆拳道，我也曾因忘記帶名牌被罰站在那裡。後來兩座大樓中間的凹槽被填滿，新建成的大樓就這樣跋扈地橫斷了視線。臉貼在窗上，格外清涼，慢慢地用手指，順著窗外的水滴挪移，彷彿都由我凝聚一般。緊閉的窗隔絕了外面的聲音，滑落的水滴溢出冰箱的巨大轟鳴聲，我和哥哥時常將母親藏在深處的梅酒和煉乳偷偷喝掉。

爺爺離開後的幾天晚上，我睡不著覺，總盯著天花板看，身旁的哥哥已熟睡，茶花狀的頂燈昏黃，光影暈染壁面，趁我每次恍神時偷偷輪轉，將我帶進一個個不同卻又相似的夢境。疑惑所謂的「死亡」是什麼？又會往什麼地方去？如何被稱為「不存在」？真的就是單純地睡去，醒來又出現在另一個地方嗎？幾天晚上，我不再安靜地任思緒發散，決定開始亂叫亂鬧來驅散因未知而生的畏懼。母親生氣地將我帶到客廳木椅上，任我蜷縮在還沒疊好的衣服堆裡，望向窗外，夜晚的稠密使我漸漸發不出聲音，直到我安靜下來後，母親才會從走廊底端的臥房走出，用她的手摸著我的背，蒙著目光看向母親安置觀世音神像的客廳小角落，緩緩被安撫至睡去。隔天從床上醒來，一天天都是這樣過去的，少了什麼，也多了些什麼。

幾年後才知道原來我有兩個爺爺。一個是我沒見過的「石」爺爺，另一個是常陪著我的「蕭」爺爺。蕭爺爺愛吃辣，聽說石爺爺也愛吃，兩位爺爺和奶奶都是四川人，於是石爺爺在過世前，才把奶奶託付給蕭爺爺。那時候已經搬離了「一道彩虹」，離開了原先瀰漫著刺激香氣的屋子，記得蕭爺爺每隔一段時間，就會在那裡翻炒油鍋，裡頭是用辣椒、花椒、八角等等辛香料調配而出的辣籽油。

新舊社區相隔不遠，依舊是走路上下學，只是從第一路隊換到了第三路隊。新社區後邊是許多巷子，左側則是有兩個很大的荷花田。巷子裡頭有一家我和哥哥總會拜訪的漫畫坊，花五十塊錢就能坐在那一整天。那些日子，腦裡累積厚厚數疊港漫、日漫和武俠小說，肚子裡也灌入許多免費的冬瓜茶。而荷花田邊上有一對老夫婦經營著檳榔攤，鐵皮搭建的小房子，記得經過時都會往內端看，飲料櫃裡有散發繽紛色彩的飲料。

總喜歡下過雨的放學日，走在回家的路上，天空總是偏黃的，帶有一點點的綠色混濁。每當這種時候，我就會一邊走路一邊研究著不斷出現的水窪，那時候的水窪不知道為何，總是能夠透過僅存的陽光，閃耀著彩虹似的漣漪。有一次，當我走到荷花田的檳榔攤前，發現一個最大最能夠反射出最多色彩的水窪，興奮地蹲著欣賞裡頭的絢麗，看著看著，老奶奶帶著笑容走了出來，遞給我一瓶藍綠色的舒跑罐裝飲料。過了幾天，放學時再次經過時，荷花田邊多了一個大坑洞，那是原先鐵皮屋築建的位置。「哇！」早於令一切戛然而止的吞嚥聲音，我不自覺地發出讚嘆，驚訝於坑洞底下那一簇簇水窪，裡頭是被咀嚼時掉落一地的彩虹碎片。

當睜著眼看見的都是漆黑，閉上眼睛後便能慢慢看見絢爛。才明白人與人的相遇，都像在體內種下一棵樹，而每一次離別，底下的盤根錯節翻起了土壤，留下一個無法填補的坑洞。隨著生命前行，身上陸續生出許多坑洞，有人會視之為千瘡百孔，無論如何照映，在裡頭只能看見黑漆，而有人則視之為時刻雕塑，在視線無法觸及之處捕捉虹光。當體內臟器，不再被那聲冰涼的吞嚥聲和緩切割後，才能聞到土壤裡被濕氣烘襯，瀰漫而出的那種腐敗卻具有生機的氣味。

人終究會分離至名為「自己」的各端，終究要學習揮別舊的同伴，說是同伴，便是因為同路而多出的陪伴。而「伴」字看著也有趣，「人」本身看來已經夠完整了，卻又添上了那個「半」，使得原先的「人」被擠到一旁，只能側身相讓。路人是陪伴、朋友是陪伴、家人是陪伴、戀人是陪伴，甚至討厭的人也是陪伴。幸運的話，能和一同躍入生命中深潛，悠遊探尋晦暗而神祕的地方，而多數則將擱淺在名為時間的沙灘上。那個「半」想必是在一旁看「人」走累了，決定過來讓「人」暫時倚靠著前行。生而為人死為人，等待「人」恢復體力，又將各自走上各自的路途，直至無法前行。換個角度思考，在與時間共行的旅程，或許消失才是選擇留下，應該是繼續前行的我們離開了，而他們一直都在。

朋友提到，似乎我對過去的回憶都記得十分清楚。「其實常常也不知道哪一段是真實發生，而哪一段是我夢到的。」年紀越大，越近的記憶總是越模糊，彷彿回憶也會老花，得拉遠才看得清。想一想，或許是小時候的世界都是微小而破碎的，而那樣的小世界，就能被當作全世界，連一絲細節都可以鉅細靡遺的世界。書架上的神話故事裡，有著描述女媧補天的故事，神話裡的破碎是由於共工與祝融的鬥爭，添補上的是五色石。長大後即使明白，彩虹是水循環與光折射的物理作用下產物，也仍相信有著某個高於我們存在，時刻添補著真實世界的破碎，並遺下名為「彩虹」的夢幻光塵。現在的我，時常都會將頭埋進身體裡的坑洞，先是酒紅蘊潤橙黃，橙黃裡再生花青，彎著身軀懷攬湖藍，於湖隅處漸褪為鬱紫。陽光泛出的色彩，也會在陽光中漸漸消逝，直到失去整道虹霞後，又在看不見彩虹的地方，順著生命的弧度，組構日常，組構幻夢。無論日夜，許多段似曾相識的記憶，在前方以驚奇而美好的方式轉動，撫著照映臉上的光斑的我，往往都能從那片斑爛得到能量。

致二十七床

妳不在的日子，時間失去了重量，時而突進、時而緩行，有時卻又因想起妳的寧靜，蒸發成一片蒼涼。漂浮著的我們都在學習痊癒，或許不該說痊癒，而是馱負著愛前行。學會強壯，學會平靜，學會含著淚水笑，卻不能讓淚滴落下，學會把愛延長，直至不再遺忘。

妳離開後的兩個月間，我和父親、永奔波於各個公務機關，努力想妥善地把身後事都安置完善。諸多繁文縟節，但遇見的多是溫暖友善的承辦人員。過程中來回了許多數字、編號，有些是新獲得的，有些是認識已久的，有些是一直陪著我們，卻直至今日才知曉的。

手機號碼、車牌號碼、銀行帳戶、保單貸款、瓦斯戶號等等，看似冷冰冰卻承載著各樣情感，我們承接了部分，卻也無可奈何地捨棄了部分。隨著行政流程一件件辦完，隱約地感受到，妳正無聲地手把手教導一些事情，那些是妳以往緊握，不願讓我們分擔的重荷。妳試著慢慢放手，不再疲憊地攬懷整個家；也或許這些流程不過是社會的憨直，比起漫溢的「我了解」、「節哀順變」，它維持著距離卻又如此柔軟，唯願哀戚者能釋懷。

一日，永因工作關係，沒能與我和父親一起跑流程。大約下午一點時，和父親將車停在妳公司附近小巷內，兩人在車上一同吃著午餐。妳生病後，父親接送妳上下班時，也大多將車子停在此處，巷子裡公園旁的樹下。那天外頭的陽光依舊和煦，照在心窩處卻更顯得空盪。時間依著思念緩緩凝結，車內靜謐，唯有嘴裡咀嚼食物的聲音，我和父親緊盯著前方，似乎畏懼讓彼此的目光交集。此時一旁車輛駛過，向車內投射出正午刺眼的光，闔眼，原先飄蕩的咀嚼聲聽著倒像是心中絞著苦楚，一陣一陣、哐啷哐啷地不停歇。

對了，才剛完成過戶的車子，沒幾分鐘又在路邊拋錨了，幸運的是，那時在國小旁的道路，我們能安全地將車子滑行到路邊，沒有造成太多麻煩。妳生病後，車子也漸漸露出疲態，時常需要跑維修廠去做各種維修。技師說是引擎先天的設計不良，建議我們可以趁還有殘值時賣掉，不然就得花大筆錢換掉引擎，以免突發的狀況造成危險。請表姐夫把車子轉賣出去的那天，我跟一旁父親說，這像是妳跟我們多打了聲招呼，或許妳擔心我們安危，在我們處理好承繼後先發制人，以最安全的方式表達妳的想法。也或許是妳心疼，這臺車跟著妳度過十多年的時光，因為工作關係總陪妳在各個地方穿梭，是啊，也該讓它休息了。

想起那天在加護病房，家人一直陪在妳身邊，而親戚們也進出了好幾輪。口中傾訴著對妳的愛，怎麼都停不下來，深怕沒能妥善允下一輩子的承諾。病房內有著不同的時區，一旁的醫護人員把分分秒秒都撥弄地快速，而病榻上的一分一秒則行進得緩慢。緊握妳的手，發現淚滴也從妳臉頰滑落，即使面對著面，我們也無法將妳留著，只能朝著各自的方向前進，時間流逝而過之處都變得荒蕪，原來走得緩慢都是因為不捨得。醫生宣布了死亡時間，彷彿唸著書本裡的某個章節，一旁電子儀器並未戲劇化地發出持續的單音，沒有打入化學藥劑的身軀漸漸枯萎、瓦解、剝離，漸漸塌陷為巨大的靜默。於是我們看著彼此存在的地方，漸行漸遠，深怕一旦停下腳步，激起的漣漪便會將我們都淹沒。心裡的墜落原來還沒碰到地面，直至此刻才猝不及防地發出轟鳴。

靈堂誦經，親戚們陸續來了，我坐在妳身邊，跟著伴讀機粗糙的聲音呢喃「阿彌陀佛」，心裡突然格外寧靜，彷彿這是最自然而唯一的事情。浮生若夢，或許在世界的夢裡，這一切不過是一段情節。現在的妳無苦無痛，穢水都已從體內排出，原先腫脹帶來的疼痛都已退去。於我而言，一降生就墜入海裡，而妳是汪洋，當生命冷冽地抽去夢境，才明白始終都在學習別離，始終都在往海底的幽暗游去。妳禮佛多年，父親和永提到，一定是妳日常積了許多福報，以致我們在道別的路程上，都走得十分順利，也遇見了許多貴人。細想，這段時間處理身後事，心裡許多起伏都源於自身情緒，因為過度在乎，而放大許多枝微末節，反倒不會是源自他人的刁難和不尊重。

妳生前告訴我們，希望以花葬方式，一切從簡地將自己安置在喜愛的陽明山花圃。這樣的選擇讓親戚們手足無措，扣著的關愛之心無處宣洩和我們進行數次柔性對談，關於做七、關於治喪、關於靈位等等，每個人都有各自的想法，有些讓我們認知到疏忽，有些則提醒我們要堅持。「對我而言，或許不客觀，但母親真的是我見過最好的人了，我直到現在還不明白為何她的生命只能走到這裡。」

記得一次在跟親戚溝通妳的後事處理，突然從心中冒出這句話，說完後我安靜了，電話的另一端也安靜了，這樣的安靜使我們都留給彼此一些空間。妳一直以來話不多，許多事情都是在後事的過程才知道，不僅朋友，連親戚對妳也都許多感懷。是啊，如何能不感傷，如何能沒有恨意呢？如何能不對這樣的安排感到憤怒呢？

那天家人們穿著黑色服裝，搭上預約的小巴士，半睡半醒、搖搖晃晃地到了妳最愛的山上，永將妳放入花圃，父親背著妳常背著的後背包，恒在一旁安靜地看著。所謂命中注定的儀式感，好像就是將塑料罐蓋上，再拿著小鏟，像是開玩笑地緩緩將土封住。在這座美麗的花園裡，幾縷陽光仍徘徊遊蕩，原先那些飄蕩無依的情緒，似乎也隨著妳融入土壤。我回頭望去，遠方山景，雲霧陽光，繁花落盡，妳至此便不在人間了，若妳所在之處即為家，而今何處是家，又何以為家呢？

家中廊道，自從永搬離後，落於最深處的兩端分別是我和妳的臥房，而在廊道中段則有著我們各自的工作間。無論起床盥洗、睡覺、準備出門，每天總在這

廊道遊走數回。現在的我時常在進出房門之際，無所依，緩緩地停下，任思緒順著心裡漸起的風，流連纏繞。回望空廊，空氣仍沾著妳的氣息，如曾幾何時，妳也倚著廊道，抿著嘴探望這個家。

即使已經望不見妳了，現在行走著也是步步回頭，有時一步是一秒，有時卻又拉長成數分鐘。最難忘卻的是妳坐在自己臥房窗前的身影，每當早起經過，門簾的縫隙間，單薄的身軀總是恍然若視。那是妳最後一次入院治療的早晨，大約早上六點多，剛起床的我習慣性地掀開妳房門前的遮簾，看看妳是否睡得安穩。只見妳挪了梳妝臺前的椅子，將自己擱在窗邊，遠遠望著在床榻上休息的父親，視線是如此柔軟，彷彿能將整個世界都納入眼窩。

化療所造成的長時間反胃不適，削去妳原先圓潤的臉頰，不變的是，妳眼中依舊亮著光。妳知道嗎？眼裡總是能讀出話語，而那是妳最迷人的地方。那時，我看著妳的雙眸，保有一如既往地堅韌，而浮在眼窩處的淚光，每一絲都在燒灼，映著難受與不捨。妳雙唇依舊緊閉，與平時一個模樣，神情疊合了我從小到大回憶中的堅強，卻多了些許的難以承受。我看見妳的拚搏，看見妳的無奈，看見妳的哀愁，看見妳的寄託，才又看見妳的視線緩緩向我撫來，「我不想去醫院。」那天妳預言般的呢喃道。

妳記得嗎？那時我靜靜地靠著妳，生怕毀壞了這片寧靜。我順著妳的呼吸，試著用掌心最柔軟處，輕輕撫著妳的後背，像是小時候妳安慰著我一般。慢慢將雙唇輕輕貼上妳的額頂，上頭有著些許顯得艱澀的白髮，頭皮上也仍殘留前期標靶治療帶來的坑疤與藥物氣味，眼光甫落，淚水便盈眶。妳生病後，我總喜歡親吻妳的額頭，不僅想是想表達對妳的愛，更想讓妳明白這些都不該成為妳深藏的怯弱，妳相信嗎？每一次我都說妳好美，那是真的。我看見妳為了要繼續陪著我們，將自己交付給苛刻的療程，即使千瘡百孔，反而害怕我們會難受，不曾放棄在我們面前彰顯堅強。當時我安慰著妳，跟妳說沒事，很快就會好了，出來後我們再一起去看恒恒。只見妳點了點頭，便不再說話了。

幾天前，父親坐在客廳L形沙發上，整理著這段時間的文書資料，有些是我們為妳存在佐證的依據，有些則是具象告別妳身影的字句。只見他手上握著妳前段時間在醫院的看診單，紅了眼窩：「你看，媽媽本來還要再去複診的，日期都壓上了。」一個字一個字，吃力地從嘴裡推擠而出。「但怎麼就走了呢？」說不出口的話語仍在喉腔踟躕，身軀被不息的嘆息給雕鏤空了。我頭輕輕看向一側，記得妳總是習慣坐在沙發短邊的那頭，此時妳或許也默默地在安慰著父親，我坐在妳身旁後，才發現這裡能觀望整個家。

我將妳的書房做了簡單的清理，許多代表著妳的那些東西，我還捨不得丟棄，或許得花更多的時間才能規整完畢。自私地將妳的佛桌，布置成一個紀念妳的地方，其中也放上妳時常唸誦的經書。若妳在的話想必會十分惱我，怎麼亂安排妳的東西，希望妳能原諒我的俗氣，這是提醒我，妳仍存於世間的方式，讓妳的身影仍能晃蕩於我停駐之際。手機裡仍留著妳入殮的畫面，也留著那天妳從普通病房挪移到加護病房時，父親哭紅了眼、妳躺在病床上卻笑著的照片。

倚著空廊，原來妳遺下的視線，是撫慰，是不捨，是感謝，是擔憂。每當掛念起，周遭也停了下來，屏著呼息，深怕一不小心讓這一刻流失，便會多了遺忘。聽過一個故事，當眾人突然安靜時，就是天使從頭上飛過，這樣的空白，或許代表此時妳也經過。也聽說人死後會變為星星，在上頭觀望著愛著的人。我想，緊握著星辰，有時候不過是想要在面對著浩瀚的不可掌控時，還能留下些許人事已非。是啊，妳曾是多麼多努力的支撐著，陪伴著我們。

時間是液狀的，會流淌，也能輕易滲去。隨著妳的離去，原先豐盈的世界，流出了淚水，變得狹窄許多。記得在一場出版社辦的對談講座中，有讀者問到如何對家人的猝逝釋懷，明晃晃的水面顫出水花，打撈起的是告別式那天的畫面，黑衣、水果、淚眼、爐火、日光、塵土、花圃。

我總覺得人往生之後，會存在於周遭的一切事物中，會在街頭擦肩而過，會在陌生人中忽然發現她的身影。這樣想著，就慢慢超越了悲痛。遺屬的哀痛是無法估量的，但是今天的別離，意味著您將超越肉體，活在世間萬物之中。

我引用是枝裕和導演在日本國寶級女演員——樹木希林過世後說過這些話作為回覆，而聆聽的人也包括我自己。這是隨意翻閱書籍卻深刻記下的文字，只是沒想到這一刻又想起來，總是如此，宇宙往往在不經意之時，賦予寶貴的禮物，

而我們也將在適合的時刻，再將這些禮物分享給他人，不為利益，憑竿垂釣，只求彼此的餽贈與啟發。感傷會一直都在，卻該慶幸，感傷與哀戚皆是源自於偌大的愛。在無常裡，不需忘卻從愛生長出來的憤恨、不滿，只需記得源自於愛的種種始終還是得長出愛的。

這段時間，永不時會約我和父親去他那裡聚一聚，一家人吃吃飯，總都會念起妳，所以我們都會陪伴彼此。看著恒在一旁玩，常常心裡想著，妳也就是這樣支撐自己的吧，想看著孫子長大，想陪伴家人，想呵護家人。長大後才明白，妳總是為了我們而犧牲自己，在我們心中也慢慢地變成為生命中的一個遠方，怎麼樣都希望能達到妳的期望。語言課時，老師問我最大的夢想是什麼，以往能夠說出成為一個好演員，有妳相伴的功成名就。但這次，投石入深井，卻遲遲聽不見回音，以往內心的堅實變得飄渺，浮於其上的僅有濫情蕩漾。人總被悲傷留在了過去，而看不清浸濕了的未來，只能低著頭讓淚滴暈開腳下的路途。生命是巨大的謎語，亙古地聳立在那裡，或許最遠端從來就不是個能具體描繪出的樣貌，所謂的意義就是點滴的當下，所有的路途都是陌路，唯停下之處才是最遠端的末路。

那天工作時，導演跟我討論了角色，他問我覺得角色會不會抽菸。我想了想，回答他，那個年紀會抽，但是希望就叼著，沒有點燃過。以角色的方式去想，這樣讓活在父親嚴格管教下的叛逆男孩多了些可愛；而以演員的角度去想，這樣讓我將角色拉得又離自己近一些，也讓妳參與了我的一部分。希望能用這樣的選擇更記住妳，記住妳不希望家人們抽菸，用角色的方式，緬懷著妳的叨念。往往如此，不單是叩問生命，生命也時常叩問著我們。宇宙的訊息，得來不易，必當珍惜，妳不在了，但妳也將永遠存在。

光特別好的時候，依舊會回到被浸潤的過去，閉眼，輕輕地思念妳，直到那整片黑漆褪去，喚回那最美麗的時光。記得小時候，妳在電梯口等著我，我在社區大門那邊看著妳。妳蹲下來，示意我趕快過去。我奔跑向妳，一把就緊緊將妳抱住，而妳則輕輕地親吻了我的臉頰。這次妳去了一個離我很遠很遠的地方，在那個我們終將相遇的地方，妳想必又是為我們費了大把心神。我、永和父親都會明白的，接下來的時光我們都會慢慢的走出自己的生命，慢慢地走向妳。

輯二

葉隙

下墜、跳躍、釣鳥的人

夢裡的我不停地下墜，以往的夢境，總能在落下的那一刻被床褥接起，而這次時間被拉得異常細薄，彷彿有著生命，流動包覆我整個身軀。肌膚渲染上一層細緻紋路，而肢體與世界連結的方式卻是笨拙，仍舊能夠思想，只是無法動作。如同沉睡在沒有終點的列車，經過了一道道必須被進入的隧道，沿著無形的軌跡，無止境地下墜。心裡的聲響流瀉耳際，呼呼地、呼呼地仍舊吹起窗紗，感官是自由的，思緒是自由的，自由的無所置放，如同身上臃腫的上衣，無法控制形體與方向。

如今的狀態，連自己都變得十分費解，夢境是隻巨大的怪獸，闔眼後的暗紅，是牠咧開的大嘴，而偎著光的肉紅，則是胃袋裡被吞噬的故事。崎嶇的山崖索道、暈著橙黃色光的市井街巷、鋪滿生活的蝸居、最後夾著白噪聲，墜入無邊際的汪洋。蔚藍純粹而靜謐，半睡半醒之間，眼前都是細白而綿密的氣泡。所有事情似乎都被絞成一件事，分裂後聚合，聚合後消散，而在那消散處，掠過的指尖仍不斷地孵育氣泡。生命婀娜如夢境，一側鍍上光邊，另一側沉入暗影，眼前浮沉興許是他人沉睡所造的夢，而我只不過微弱地漂浮於縫隙，追尋任何無所依的似曾相識。

在日落的時刻，眼裡灑入盡是包裹著杏黃的霓虹，忘不掉的未來和記不住的過去，誰能不沉醉於那一息的燦爛。

「此刻的你正不停地向上飛翔，向著最明亮處，那是你一直以來想去的地方。」

透過海水接引，此刻聲音顯得更為遙遠，儘管耳邊傾訴，也止不住身畔的川流不息。

「花費了幾年的時光，穿梭在島嶼似飄浮著的雲朵間，雲絮如觸手輕撫你的身軀。」

話語窩在意識後邊，在浩大的晦暗處徜徉，即使此刻身處海底，仍孕育浮出水面的方法。

「突然意識到，此刻的你是如此地渴望陸地，放軟筆挺的身軀，只為向下墜落。」

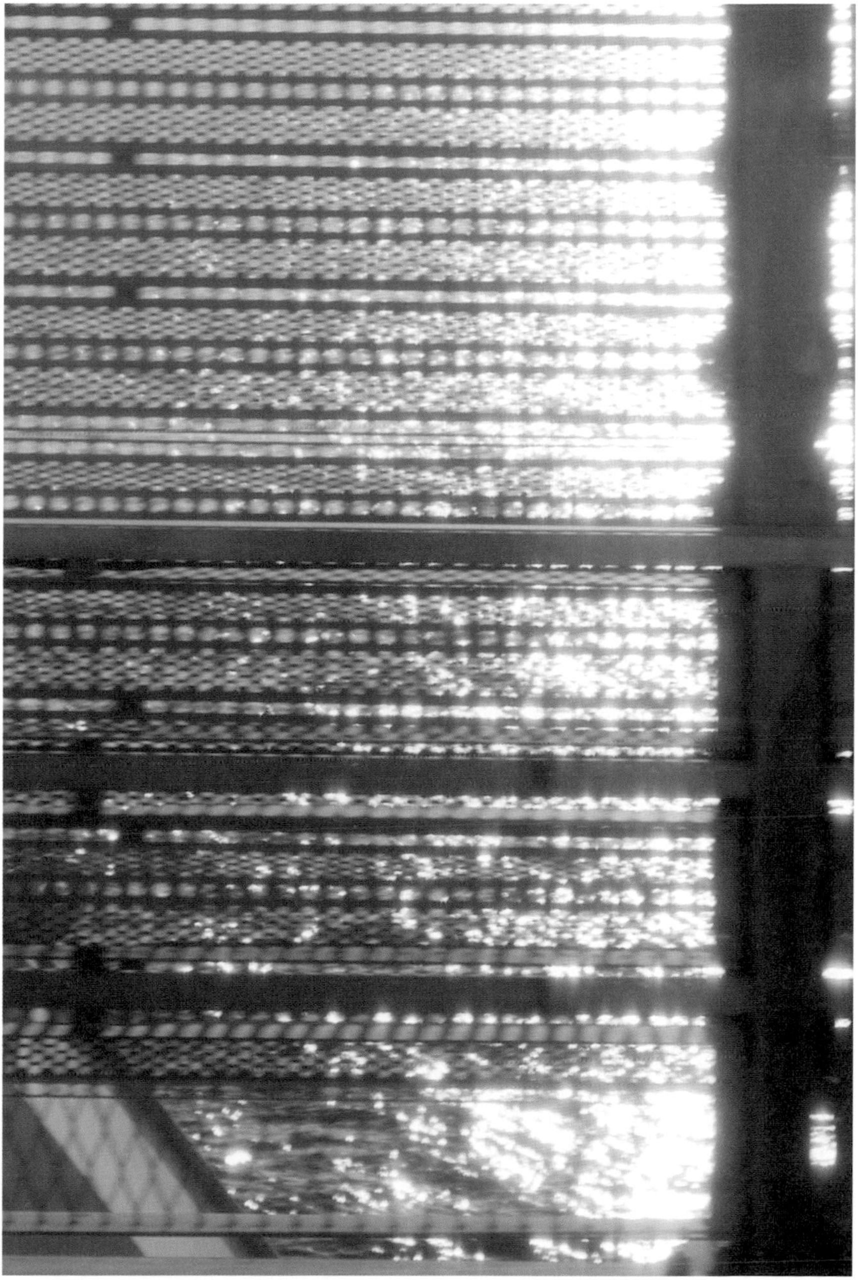

途經的雲朵被更為柔軟的身體沖散，掌心緊握的聲音也糊成一團，曾經相信一切存在都是為了傳遞訊息，而此刻你清晰地感受到——「你只會存在一個沒有你存在的地方。」

拼貼囈語的步驟是晃動天際的枝枒，腦的想像蕩漾起整個世界，若想嘗試釐清紋理只能順著持續下落。

「思緒或許複雜了，但就是為了讓你看清自己，以意識為媒介，模擬頓悟。」就這樣持續地，往海的深處下墜，被所有世間僅存的藍所包覆。那些漂浮的夢離我越來越遠，碎開了、分解了、被打撈了，不再存於夢裡了。

「一無所缺，就是一無所有。」

夢醒了，周圍瀰漫被雨淋濕的空氣，窗外吵雜而有規律的雨聲，襯著幾秒前仍迴盪在房裡的夢囈。雙眼緩緩滑開還未能完全恢復的視覺，依稀能看見轉印在橄欖綠牆上的模糊投影——雨滴滑落的軌跡，原來當我墜入汪洋之際，臺北也下著雨。而床褥上的汗液是唯一能證明曾漂蕩海底的憑據，衣服濕透，幾天前才拿去頂樓日晒的被單也濕透。雙肘撐起疲倦的身體，蛻了皮一樣，響起衣服與被單也輕輕睜開眼的氣音，倚靠著床頭板坐著，鼻尖混雜淡淡的海水味道。

「如果夢境是真實的，那真實的這裡又是什麼？」

不經意擦拭嘴角的右手背上留著白色氣泡，我總是習慣用電影旁白的方式，安安靜靜地在腦中形塑一些看似浪漫的對話。

習慣黑暗後，才漸漸看清眼前的陌生身影，他倚在房間裡用來放置盆栽的露營椅。雙眼翻白，時間的倒影都陷了進去，在裡頭的昨日比今天更近。他似笑非笑的嘴角，使我想起剛剛在深海處舔開我眼瞼的魚類，相似的畫面浮現，於是臉上也難以克制地笑且詭異。「醒了？」他替牆角的晦暗找到自己的語言，生冷的聲音，猶如眼珠滾動白磁地面。穿著全身的黑衣，沉重而單調卻又顯得閒散的那種黑，竹竿似的身形，腳丫穿上保暖的粉紅色襪子，上面有兩顆毛茸茸的球，一隻襪子一顆。

回憶裡也有著類似裝扮的人，那是小時候讀過的一篇故事，主角在街道上不停地跳躍，跳躍。父親買給他新鞋作為生日禮物，他穿上後，發現自己能跳得更高了所以他不斷地嘗試，一直跳躍，跳躍。經過了每次與朋友會去逛的便利商店、跳躍。經過了小時候跟哥哥遊玩的公園、跳躍。經過了以前國小舉辦運動會的操場、跳躍。跳躍，越跳越高，最後甚至飛了起來。

終於，主角跳上了雲端，這一次的跳躍始終沒有落下，像是失去重量一般，開始在雲朵與雲朵間穿梭。而其中一朵雲上突然出現了一雙襪子，襪子上有兩顆晃動的球。穿著粉紅色的襪子的是一個戴著草帽的老人，老人顯得放鬆，穿得像是《威利在哪裡？》（*Where's Wally?*）繪本裡面總是躲在人群裡的那個威利，紅白的條紋配上牛仔吊帶褲，老人看著主角，而黑衣男子看著我，他們倆同時說出一樣的話語：「找到你了。」

回憶都是變動的，總在不經意時增生與腐壞，太遙遠的那些，拖著長長的光暈，留在視線的另一端不懂得靠近，太接近的那些，親暱地忘了該隔個距離，迎面撞上便支離成了破碎。生活被夢親吻後，不過就是依循著內心，拾起地上的零碎拼湊。這讓我意識到，生命好像都在等待，某個時間點你會意識到，有些事情的發生是沒有原因的，於是也不再總問著為什麼，或許只因某個夜晚，某段夢境，某次的墜落，某個即將遇見，或是即將消失的古怪身影。

天花板上貼滿了蝴蝶貼紙，或大或小，在死白的漆面上跌跌撞撞。隨著熟悉的鬧鈴響了，又是醒了過來。做了關於下墜與跳躍的夢，四點零四分，無可無不可地，我存在著。

鬆軟軟地

浮生若夢，瞻望前後，關於未可知，慢慢覺得那是活在當下的唯一依據。

常常會在每一個階段回顧自己，不是眷戀，而是試著理解現在為何站在這裡；明白了，就不再被過往箝住項頸，能看往更寬廣的前方。說是前方，總也不知道確切的方向，站立在寬敞的通道上，與每一刻剛經歷選擇的自己交錯。有的輕快、有的沉重、有的若有所思、有的毅然決然，他們看似都知道自己要做什麼，背負著某種不明所以的使命感——關於迎面而來的未來，與逐漸消逝的過去，刻寫於各自生命內裡的軌跡，我們從未真正的清晰。

剛升大學時，面對突如其來的徬徨，慌亂中孵育了一個習慣：總愛帶著電腦到咖啡廳坐著，有時放空有時沉浸，說起來更像是任自己無盡地發散，成為銀灰色的氣體瀰漫，等待靈魂的某一部分觸碰到堅硬的地方，揚起波紋蕩漾。那樣的確切是偶然的，而在那裡便能延展自己，專注地包覆他人思緒串成的晶亮碎流蘇，貪婪吞食其中的養分，安靜如河水徜徉……

一開始是被音樂所牽引，彷彿進入一個新的世界——Radiohead、The Beatles、Pink Floyd、The White Stripes、The XX、Nirvana、The Velvet Underground、New Order、Portishead 等等樂團，對著原本只聽嘻哈音樂的我發出深沉的轟鳴。於是，泡咖啡廳成了癮頭，每次離開學校後，不會直接回家，而是騎著腳踏車到咖啡廳。好聽一點的說法是，咖啡廳正好座落在家與學校的中間點，理所當然可作為歸途的驛站或是節點間的旅途；而實情是，大多時候總翹課在家待到下午後，當母親快回家時才急急忙忙騎車到咖啡廳，時常流連數小時甚至泡到凌晨一兩點後，回家途中還會刻意遊晃許多地方，搖搖晃晃地完成每天的旅程。

推開咖啡廳門扉，總會先找個角落邊几，背包放置對側座位，筆電平置几上，螢幕吐出明亮光束，映照暗自滾燙的面容，戴起的耳機時常沒有放著音樂，只不過是想以細白的線拉起屬於自己的區域，一邊從觀察其他人獲得啟發，一邊

也沉浸在被觀看的自滿裡。那時喜歡蒐集貼紙，總把各式樣的貼紙黏在筆電的素面金屬色外殼上，圖像五顏六色，文字剛硬倨傲，渴望被理解與認同，以無聲的方式大聲嚷嚷難以言述，流竄於呼吸間的年少輕狂和衝動。

讀過一段文字是關於城市的慾望。由於城市裡人口密集，於是感官更容易接受到他人剝離而出的情感。尤以晚上時，集體脈動特別強烈，諸多一瞬的感性都將擰成一束。宵夜文化便是其中一種具體化慾望的方式，以喉頭顫著悸動而獨自夜遊的行者，心裡總暗想能遇見另一個夜行生物，透著薄膜窺探彼此甚至打破橫亙之間的薄膜，不止於眉眼之間而是貼著肌膚感受彼此。電影《末代皇帝》中有一幕特別的美，少年溥儀陷進巨大的透光白布，而白布後隱約透出許多人的手影，輕撫傳遞著溥儀的身體。是個遊戲，但人生都是如此，如此渴望觸摸但也如此害怕接觸，游離於兩者間的失落，便成為對人生的調情了。

學校附近有許多獨立咖啡廳，其中最難忘的便是位於師大夜市內，座落在稍稍遠離商圈的「多鬆 Morelax」，那是大學曾短暫交往的女友帶我去的地方，是流連咖啡廳時期的旅途起點。矮房屋頂上立著橘黃色招牌，鬧中取靜，總微微暈開在街角，如將熄未熄的火苗，搖曳溫暖流浪者的棲地，滋養張揚放縱的自由。門口處總有人抽菸聊天，潮濕的木架上依著非個人演繹的邏輯擺放書籍，暗褐色斑駁的牆上貼著電影海報，菜單有著美式馬芬、日式炒麵、臺式水餃。想學法文的衝動，來自於書架上的羅蘭·巴特（Roland Barthes），而迷戀的Radiohead，則是幾次起身離去前從牆角音箱中發出呢喃，將我留下許久。

散亂卻各自完整的物件，都被攬入城市的孔洞，懷裡揉捻過去的底蘊與未來的想像。來的人大多是暫居，在生活中累了便躲進來，避開個人世界的狂風暴雨。這裡是擺渡的此岸與彼岸，接駁不同時間點、不同的人留下的東西，那些物品、氣味也各自慢慢有了新的生命。孔洞裡吞吐呢喃，等待著適當的時機與新的對象產生對話，縈繞於他人耳窩，交織出另一片光景。坐在角落的我時常想著，甫推門而入的中年人，在我的維度中已然死去，但在另外一個維度，正以工整的筆觸仍努力探討存在的意義。而門口抽著菸綻著火光的年輕人，雖與我在不同的維度，時光穿梭於黑髮間，疊合模糊成像在玻璃窗上的面容，我們都因知不足而孜孜不倦。曾幾何時，在這時空的凹陷處，有許多人經歷著類似的心理狀態，更有些人創造了「不朽」，使他們能夠穿透多維間的隔閡抵達冥合。我迷戀這樣的

想像，而「不朽」在心中也漸漸成了木頭的潮濕味，混雜著日式炒麵上頭的美乃滋與柴魚香味。

夜晚的古亭一帶十分迷人，至今偶爾途經住過的金山麗水處，彷彿都能呼吸到空氣裡混雜的自由與茫然。每到夜晚總是騎著腳踏車，穿梭在街道巷弄，路燈映照出舞臺，家家戶戶各自上演日常，而我自在地經過、停駐，十字街口的廣告看板打亮雨後的地面斑斕，頂樓屋頂上意識仍無所遁形、稚嫩地飄翔。在臺北住過幾個不同的地方，想想，還是最喜歡金山南路與麗水街一帶，那時古亭是離家最近的捷運站，三個地名字詞在心中勾勒出某種遺世獨立與肆意酣暢，釀著最迷惘卻也最能感受的偉大時刻。

大學畢業後在外租屋的我沒能戒掉泡咖啡廳的癖，於是為了貼補房租開銷，從原先愛喝的熱摩卡改為熱美式。因果論者提到，是所有的抉擇造就了如今的自己，因為事件B的觸發，事件A才會生成，如是因，如是果。而宿命論者談論，人的意志無法與巧合對抗，命運早已幫你做好所有抉擇。「所以漸漸習慣美式的酸澀，是因為貼補租屋開銷，還是因為家裡搬離了臺北市呢？」我坐在咖啡廳陽臺的木頭椅子上這樣想著。「有時候我在想，其實人生的劇本早就被寫好了。」一名長輩在閒聊中，間接地回覆我的疑惑，「會開這家咖啡廳，不過是一次經過，看上了這個正出租的地方。」他背後有扇正對著店門的窗，依著兩人說話的節奏吱呀播放進出人們無可迴避與毅然決然的眾生相。反推時總可以用邏輯找到道理，但每一刻的選擇大多依賴直覺——潛意識裡源自於過去的積累、未來的想像，與當下眼前各種訊息捻合的總稱。有時因此而結了果，有時果然便成了因，以量子力學的角度去思考，如果人類的物質世界本質上就是虛構和虛幻，事物移動的方式，只能後設發散或聚焦，宏觀而言，不過都是不連續而不可測的間隔流逝。

曾在訪談中被問到回首這三十年，傾向說是「人生經驗」，還是說是「人生旅途」，當下毫無遲疑地選擇「旅途」。「經驗」一詞常會讓我覺得太過巨大，壓得喘不過氣，時常提醒自己不能太依賴經驗以免最終成為枷鎖。高行健在《靈山》中寫道：「真正的行者是沒有目的地的。」人生路途上，不妨更在乎旅程，在乎那些從容不迫，在乎那些不期而遇。

剛開始泡咖啡廳的那段時間，聽了母親的擔憂，父親曾跟我說過，再怎麼美麗的夜晚，也終將黎明。手握蚤市買來的菸盒，當時有個自以為浪漫的想法，望著菸頭的灰因手的顫動而掉落，似乎能掌控並揮霍著不可控的生命。在那紅彤彤的想像裡，輕巧地把殘害自身的尼古丁殘骸丟入菸盒，便能將靈魂勾勒出不可或缺的輪廓。對那時的我而言，夜晚的美麗確實是源自於短暫而巨大的快樂。現在的我依舊喜歡在外面遊蕩，不過比起形塑脆弱，單只迷戀獨行的感受。偶然性地，觀看世界願意展示給我們的部分，不偏不倚地融入其中。只有在沒睡著時，才能不自覺地進入了世界的夢境，群居與獨活並存，美麗的不單是夜晚，而是世界的夢境，而夢境裡也參雜著黎明。

說是戒了的菸，其實也從未上過癮，現在大多只因角色接觸。常會回想那段時光，像從架上取下擱置一段時間沒讀的書，那是少年時候特別喜愛、漫渙喧囂與徬徨的書。有趣的是，才發現喜歡的咖啡廳總有「多鬆」的影子，菜單上熟悉的瑪芬、水餃、炒麵，木頭書架上幾本似曾相識的漫畫和小說，吧臺店員的氣質。而融入體內的「多鬆」字詞，仍隱隱綻著橘黃色的光，提醒我能多鬆就多鬆，無論做人做事，務必鬆軟，保持鬆軟。想起時，無論身處何處，都能將自己引導到一圃恬淡之地，時而和緩時而躁進的音樂遞進、各式書籍在書架上留白和曖昧地擺放、吧臺處瀰漫而出的食物味道、店門口大家手裡的白煙裊裊和那段時間最愛喝的摩卡，上頭總也鬆軟軟地鋪上了鮮奶油。

三十而立也好

一次工作的場合，被觀眾問到：三十歲了，對於「三十而立」有什麼看法。

想想，自從過了曾嚮往會無比炙熱，燃盡而墜落的二十三、四歲，生活中的每一刻都像回眸，仿若靜止，但也總風風火火消逝於轉瞬。曾經以「志於學」之姿，在課堂上遙望「而立」，背身是如此聳直，望眼欲穿，即使無法立即成為，仍使著勁地神往。沒想到，當文字筆挺立於面前，此刻弓起了身軀，望著自己的腳以均速、無慮地貼近，心裡卻忐忑地不知道是否能安穩地立於其上。

常有人說，何必去在意世人的觀點，那些老掉牙的迂腐。人類不該被自己創造的東西所限制，而失去自由，尤其那近三千年前的思想，又如何能成為指引我們生活方式的圭臬。印度《吠陀經》上有段話：「真理只有一個，而哲人用不同的名稱描述它。」我在想，古文本帶來的魅力，不外乎於不同時期閱讀，都將與那個時期的自己相遇，關切的不外乎文字說了些什麼甚至是沒有說什麼，為何是以如此語調述說，為何又是選擇以簡約的方式。

老一輩談吐的智慧是透過重複叨念簡單的字句，看似一晃而過，卻隱約建構出語句中的留白，傳達某些遠超過語言能記錄下的情感和物事，在那些沒說出來的地方，萌發更深遠的意義。學建築時老師也曾教導，比起建築量體本身的空間，核心之處反而是負空間，也就是物體與物體相距的空間，那如同建築家從時空另一端傳來的訊息，閱讀時語調總是特別迷人。於是，比起將年紀看作「階段」，我更喜歡視之為「節點」。以節點去定義，便不會如此壁壘分明，也更不受限於方向，將區塊凝為一個小點，此時強調的，不單只是存在本身，還包括周圍的空間。「重要的是節點間的空間。」以這樣的想法觀自身，也能更精確地填滿、編織被節點渲染而出的空間。節點，或許在語意上相較微小，卻也變得更不可忽視。

年紀的確可作文明節點之一，從週歲開始，每個年、每個月、每個日子，總有大大小小具有紀念價值的節點，只差在願不願意賦予意義。或許骨子裡喜愛中華文化，比起否認掉這些看似傳統迂腐的價值觀，我更希望能站立於現代的端點上，重新詮釋這些其來有自的詞語。

關於「三十」，心裡頭並不否定「三十」的重量，但同時也不認為「二十九」、「三十一」有遜於「三十」。之所以稍稍特別，興許因為「三十」是基於十進位中重要的數字，以致從小便視之為一個近乎於根本的數字。學習其他語言時，數字的部分也總是從一到十開始記憶，而後就會將每個「十」一一列出，等到進入到「百」，才會回過頭把每個「十」之間的數字都記得。不過以數學的角度切入，於「三十」兩旁，身為質數的「二十九」、「三十一」，也變得更不可或缺了。

探討「而立」，應當先關切何謂「立」，又為何而「立」。若是「立」是樹立與建立，又該立起什麼？有人說建立的是自己，什麼樣的程度算是有所成？或許是在事業上有所建樹，或許是在財富上達到某個標準，或許是成了家完整了基因的傳承。若往根源去尋，便是建立對於人事物的定義，總體而論，我認為「而立」，時常不是「現在進行式」，反而應該當作「過去完成式」，回顧過去的積累，在現在的前一刻枯萎前，我們樹立了些什麼，那些東西在每個當下或許不起眼，

但沉積底下，都將成為下一秒綻放前不可或缺的沃土。

許多人說「活在當下」就是不去瞻望未來，也不去回憶過往。但我總覺得三者看似不同光景，卻實存於同一個硬幣，拿捏好對過去的珍惜和對未來的期待，才能使地面的硬幣垂直而立。或許與「活在當下」相斥的概念反而應該是沉溺過去或是孤注未來，沒能估量好重心也就無法立於當下了。說是「立」，也並非留在原地，前方加上的「而」就是提醒我們某種連續性，始終都得前進。

於是，「而立」似乎又有項潛在課題，就是關於「找重心」。前段時間，姪子從爬行慢慢地學會了走路，甚至開始奔跑和離地跳躍，「自己又是怎麼學會走路的呢？」看著姪子成長，不自覺地在心中多次浮出這樣的問題。突如其來的思考，讓我意識到其實生活許多方面都在找重心。在物理學上，重心就是在重力場中，任何方向所組成的重力的合力都通過的那一個點，若是一個規則而均勻的物體，重心也會是物體本身的幾何中心。而有趣的是，在不規則物體中，有些物體的重心，反而不一定在物體上面。

哥哥跟嫂子似乎在恒出現之後，也慢慢將重心移離自身，原先的兩人之間，又更接近恒許多，而立與成家常息息相關，那個重心或許也是我們名為「家」的的地方。「江山易改，本性難移」常以此辯駁自己固執個性的父親，成為爺爺後似乎也柔和了許多，說起來，我們在恒學習走路找重心的同時，其實也是不斷地在習慣新的重心，或許相較於他看似搖晃卻篤實前進的身軀，我們看似平穩的步伐，卻是晃蕩頹疲。

生活的奇幻總難以預測，有時偏左，有時偏右，甚至有時你已經拿捏好了，卻又因外來事物的加入，重心再次移動。身軀難免搖搖晃晃，若是姿態迷人，如同沉浸在舞步中，他人見到流暢，自然也會被吸引過來，同感安穩。而若是姿態顛簸，則使得觀者提心吊膽，令他們不願聚結擔憂破壞自身難得維持好的平衡。不過我總覺得即使顛簸，若能以奇特的方式立起來，稍稍落地便粉身碎骨的纖細，似乎也美得令人著迷。畢竟「立」也不是代表不能跌倒，姪子每次跌倒時總也露出燦笑，想來跌倒也是包含在「而立」之中，使人迷戀之處。

依循著組構出空間的重力線，如同羅盤，幫助自己找到正確的方向，找到最適合自己站立的方式。關於「如何巧妙地找到世界與自身中間的重心」並非三十才會遇到的課題，只是於我而言，在而立的這年母親逝世，至此鬆開了擔憂的手，任我踽行，以往的叮嚀總在腦海盤旋，目光稍稍觸及心頭就會一緊。是啊，年屆而立，也該建立一個屬於自己的經驗系統，原先以為的遠方，如今已無法通往，在還未看明白所前往的會是何處之前，得先與哥哥、父親一起摸索出如今的重心所在。少了那雙柔軟地彷彿整個世界都會陷進去的雙手，不知此刻她觀望著的我又是以什麼樣的姿態行走？「怎麼樣都要快樂吧，就算滑了一跤，大哭一場後，也得記得燦笑的那種快樂。」看著姪子行走得越來越靈活，我在他身後這樣想。

前段時間再次讀到蘇軾的〈定風波〉，裡頭有兩句特別迷人：「莫聽穿林打葉聲，何妨吟嘯且徐行。……回首向來蕭瑟處，歸去，也無風雨也無晴。」求學階段，沒有太深的感觸，而今思緒彷彿被冰涼的玉墜清潤，也許「而立」之後，就是要秉著這樣的姿態，儘管經歷著戰戰兢兢，都能保持著從容不迫。若能自在，便得安泰，若無所畏風雨，便無所謂天晴，不需畏懼，更不需過度定義。吟嘯徐行，恬靜自在，這便是在往後需要謹記在心的。

而立，前行也好、回望也好、流暢也好、顛簸也好、舞動也好、跌跤也好。以十年為一個節點，標注著周遭的空間，將其來有自的字詞，彷彿拆解時空間流竄的暗號，詮釋為貼合自身心境的樣貌。無時無刻都去感受找著生活重心的自己，「走」習慣了，於是慢慢地能順著走了，不會走得費時，卻也不再加快步伐。或許是多了眷戀，或許是開始在乎這些途經的風景，畢竟走一走也明白，名為「死亡」的彼端不是我們該急切追尋的。而後也將陸續抵達「不惑」、「知天命」、「耳順」、「從心所欲」的節點，到了對應的時間點後，又會變成什麼樣貌？也好，介於已知與未知的模糊地帶，琢磨著可及與不可及的目標，漫步於此彼兩端的流動不停歇，於是也就不需要那麼急切地遇見。

鏡頭推入冷場

當演員，常會遇到想放棄的時刻。

前段時間在飯局上，一位資深的前輩，好奇地問我說：如果再過五年，你仍然毫無長進，那你會選擇繼續下去，還是換個行業試試看？「如果五年都毫無長進，我想我應該就會放棄吧。」我猶豫了很久才回答。

小時候聽過許多故事，裡頭都會有個強大的怪物，而主角總是以最弱小的姿態，試圖擊垮命運的桎梏。故事總伴隨許多被擊垮與支離破碎，但在一波一波的打擊後，主角總能擊敗這強大的怪物，最後成為英雄。長大後也還是有這樣的故事，不同的是有些主角會死去。或許是聽膩那些成功例子，現在大家似乎總是喜歡講述死去的那幾則，再透過他人的失敗講述道理，把那些沾染在衣服上的泥濘，視為值得歌頌的勛章。歌頌後又回過身，暗自希望無論如何波瀾壯闊，自己

的故事都得是活下去。

是啊，誰不想成功，誰不想經歷許多挫敗後帶著脆弱的身軀，仍意志堅強、遼闊地抵達最初的目標。誰又想要失敗，痛苦於曾經孤注一擲，賭上所有生命的可能性，卻還是只能放棄。最難承受的該是放棄後燈光一亮，你才發現原來，再堅持那一點點，就能成為小時候故事裡的英雄。

飯局上問我問題的前輩是位直白有智慧的人，工作上合作過很多業內的明星，見過許多人載浮載沉也見過許多人一飛沖天。他沒有評斷我的回應，只跟我分享一位藝人令他欣賞的態度，就是再怎麼難堪痛苦，都會留在這個地方。聽完後，我開始疑惑，這是否代表我的態度不可取、是個沒有企圖心與毅力的人呢？

看了一齣日劇《喜劇開場》。原先只想作為消遣，一邊做運動，一邊收看。沒想到看著看著便不自覺地捲入劇情，運動停下了，人坐在椅子上，對於每一集上演的日常欲罷不能。劇中的三人組合，開場便是夢想破滅，隨後透過每一集，講述如何過好日常，如何把那些碎片撿起再好好組構成新的樣貌。撿拾碎片，端看那碎片的反射，便能看見自己慢慢拼貼過去記憶的樣貌。劇中多次演出，臺下安靜，儘管冷場了，臺上仍是賣力。最終在約定的時間點來臨時，沒能達到目標，也沒能得到在原先的路上繼續前進的動力，多次受挫後，選擇不再前進，成為了世人所認知的「失敗」。喜愛的戲劇大多都試圖觸及真實，而過程若能觸及到辛勤織補的布幔後端，那更加柔韌之處，就會產生迷人的光景。而這樣的「失敗」，透過每一集的形塑，雖然確實不是夢想的樣貌，似乎也閃耀著光芒。

日本有一種技藝，稱作「金繕」，將有破損的器物以漆料進行修補，收尾時再撒上金粉。金繕師不單只是黏合缺損，也需思考如何打磨出物料本身的質地：為了增加摩擦力，以花紋樣式修復建盞口的一圈金；為了不讓補上的缺塊顯得無趣，添了一隻堆漆小螃蟹在缺口上頭，用膳時也更顯趣味。看得見使用者的珍惜，看得見物件經歷的起伏，看得見重生過程經過的故事，撫摸盤纏於裂隙的漆料，便能觸及緩緩流過的時間。說是使它重生，但只要有人仍願意呵護，就不曾真正死去。常常聽有人認為，夢境破碎後才能看見殘酷的現實，我想是這樣的，比起放任泥淖從肌膚的口子裡頭滲透進去，缺損的那些即使碎落地面也蘊著光，等你彎腰拾起，將昨日融進今日，而今日也將融入明日，日子們都將交融在一

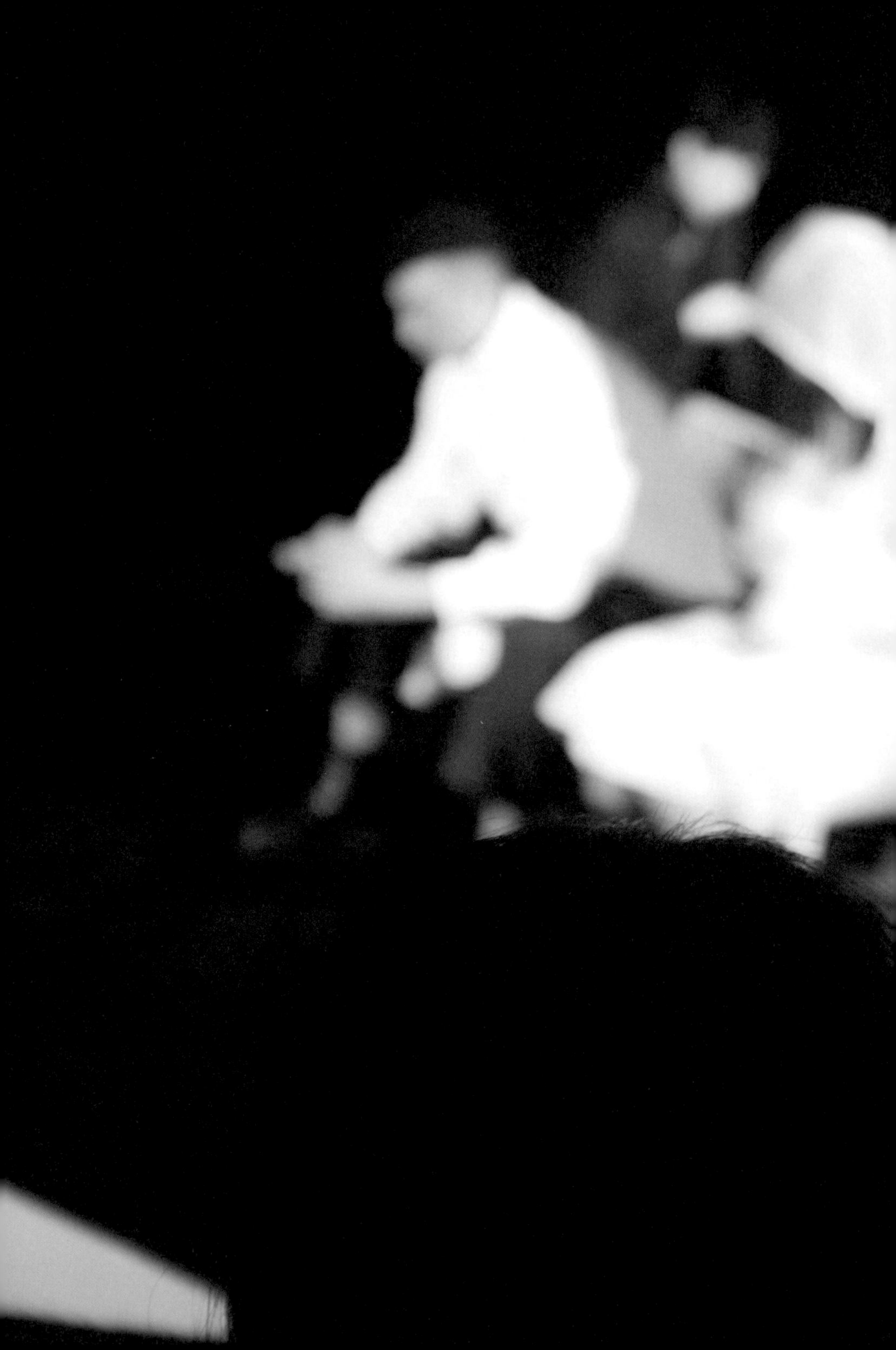

起，金繕成美好的現實。

人生如戲，稱之如戲，並非述說人生中的虛偽與不真實。而是生而在世，時常也是透過他人的反應，去評斷好壞。有時掌聲如雷貫耳，有時鴉雀無聲，有時高朋滿座，有時盡是虛席。在表演時，有高光的時刻，自然也有冷場的時刻。生命中無可迴避的冷場時刻，大多源於「不可及」，若以時間跨度去區分：較短的，是不時會感受到的挫折、失落，如同夜深人靜的孤獨，失去了陪伴與喧譁，赤裸地面對自己。你仍在人生中，只是此刻除了你，無人參與。較長的，或許就是階段性的人生目標宣告失敗，大量的時間投入，沒能得到被認同的結果，在他人眼裡一無所成，甚至盡是噓聲與惡評。

曾有一段時間，也陷入了工作上的冷場，原先帶領我追尋夢想的經紀人離世，才明白自己的相信原來是源於他人。關於作為演員的原因、目的、應該具備的技藝等等，感到全是迷茫。每天起床後身旁伴著的，只有對於未來的不確定，日常不知該從何開始，只能緊抱著那些每天都會做的例行公事，作為浮木，看似積極，卻始終看不見亮光。

那段時間，點入了在我首頁跳出的其中一個影片：「正向心理學」。課程中，提到了一個稱為「快樂基線」的重要理論：絕大部分的時間，人類都是擺盪在快樂與失落之中，而無論在哪，歸功於人類偉大而令人恐懼的適應能力，快樂的程度都會逐漸趨中，回復到原本的基線。而我自己又延伸解讀：如果長期維持在某種程度的快樂裡面，失去了起伏，那樣的快樂或許反而會成為基線。於是最終只會習慣、疲乏，失去了原應有的喜悅。這樣說來，永久的快樂是不存在的，反而快樂是因為曾有著不快樂才存在。「Permission to be human.」講師眼鏡後的眼神帶著溫柔，雙手微張擱置胸前，像是給予臺下學生一個擁抱一樣，語氣平緩地說道。

換句話說，在人生中，無可迴避的冷場，或許比起掌聲響起的高光時刻更為普遍，甚至可以說正是那些冷場作為基底，構築了生命。若以這樣的心態去思考，或許那樣的冷場，就是世間給予你，一個恰好能夠把自己嵌入進去的孔洞。比起外界的熱鬧與喧譁，這樣的孔洞，能夠讓你更能去聆聽那些從自己體內發出那些以往會忽略的聲音，如同安靜坐著篝火邊上時才能聽見的火光聲，仰望星空滿斗，此時難得的寧靜，或許應該更加舒坦地對待。

「如果這五年，我都是戰戰兢兢，做每一件事情都盡最大努力，仍毫無長進，或許我真的就沒有這個才能與運命了。」我補充了自己的回應，「當然，如果喝多點酒，也就不會想這麼久，絕對會充滿感性地直接回答——即使死皮賴臉也要留在這裡。」演員的工作，充滿了被動與不確定，大多時刻都在等待，而等待的同時又務必要保持著動力持續學習與自我產出。或許過往的每一次冷場，也都想過放棄吧，而正因為想過放棄，也才能出現後面毅然決然的堅持。

時常看著做著其他職業的朋友，總好奇與羨慕那樣的生活，似乎單純一些，可掌控一些，有趣的是，與他們聊天的過程，也會聽到他們對我職業的好奇與羨慕。人似乎都是這樣，過著在好奇裡羨慕來羨慕去的日子裡，受彼此滋長，而每一次的迷惘似乎也更能堅持下去了，久了就也能遇見一時片刻的豁然開朗——無論是生活中的小事物啟發，或是工作上被尊敬的前輩稱讚。

坐在自己的書桌前準備演員功課、四處走走感受生活滋潤、與朋友坐在熱炒店或咖啡廳閒話家常，有時也會突然覺得，能做演員真是幸福。「每當我見到大的魚，就會想到，未來也還將遇見更巨大的魚。」紀錄片中，從小生長在海島，自幼便開始捕魚的老人眼睛閃亮地說著，我望著電腦螢幕，彷如也置身大海。再怎麼樣順遂的人生，都還是偶爾會被利刃劃過，面對那些無可迴避的冷場，能改變的只有自己面對時的心態。每當遇到挫折，便如同潛入海底，面對一條大魚。透過獵捕的過程，你會學到些什麼，也會克服心理的障礙。海底的寧靜，可以使你更為專注，可以忘卻煩惱、忘卻不快樂，沉浸在每一刻的純粹，游淌在每一刻的存在。

不是物理性的距離問題，有時觀看要以很細微的角度，有時又得是以很寬廣的角度。無論鏡頭這次選擇推入還是拉出，無論你最終抵達的地方是不是原先出發的起點，我想，只要生命是有不斷豐潤的，能夠專注在每個當下做出的抉擇，就算是有所長進吧。腳下踩著泥土，鼻頭處能感受到空氣的濕氣，睜開眼，繁星高掛，肌膚正被行經的嫩葉輕撫，能夠透過萬物提醒自身的存在，繼續前行，這樣一定能讓每個階段都比每個階段更好，我們終將面對的是整段生命，而不是單一課題。

載玻片裡的時差

新冠疫情嚴峻，警戒等級升到三級防疫階段，並未趨緩，至今也居家隔離好幾天了。這段時間和朋友、家人通電話互報平安，聊了物資、聊了工作、聊了心情，大家似乎都能很明確知道現在是隔離的第幾天，也驚訝於我竟然沒有計算，認為我似乎過著渾渾噩噩的生活。

或許是因為工作性質，許多時候對於時間的進程總沒有太頻繁關注，甚至不喜歡過於精細去計算日子，或許「估量」一詞於我而言更為適切。桿秤橫掛，添補生活中的細碎，不計較分秒，讓時間罩著濛濛白紗，望著投影於恍惚間的流光，似乎才能看見時間的深邃和踟躕。當環繞著的空間停滯，以往的日常成了希冀；而當不正常堅忍著不變，也終能慢慢取代成了慣以為常。

晨起，經廊道牽引到了客廳，左側窗外的陽光煦照，溫柔地在臺側植栽的葉片上留下掌紋，墊著虎尾蘭的玻璃水缸倒著置放，缸內捉捕了隱隱晃晃帶有紋路的光斑。才記得昨晚下過雨，原來現下又是光亮。參照昨日的行程，完成了簡單的盥洗後，到廚房倒了杯水，喝了幾口，放在餐廳的桌上。回頭在廚房與客廳間的吧檯處準備早上的咖啡。只見陽臺上的光在視線不及之際，又是倏地移到了另一側的花具置物架。捧著瓷白色咖啡杯到窗邊看看，水龍頭下的姑婆芋花苞微敞，豔紅色的果實映著光顯得媚人。在夏天的充足陽光下，落地窗外的植栽們也依著自己的時間生長，眼前或快或慢的節奏，更顯生命蓬勃。

貼近玻璃窗面，享受難得的陽光，想起小時候做的實驗。沉重的光學顯微鏡置放在距桌緣拇指距離的乾淨桌面，將載物臺降至低處後，調整照入視野的光亮。將欲觀測的生物材料輕輕塗抹到一個名為「載玻片」東西，蓋上封片後，先透過低倍鏡找到目標後，調整載玻片位置至中央，再將轉盤轉至高倍鏡仔細觀察。在鎢絲燈光照射下，玻片薄層裡的細胞總是動得很有生命力，有些像氣泡滾動，有些像一簇花團，有些波紋輪轉，總著迷於裡頭景象，心裡默默地讚嘆：「啊！這就是生命。」此刻望著窗外植栽的我，似乎蜷縮成被觀察的細胞，被瀰漫在窗外，名為「Covid-19」的實驗者，壓上封片透著光觀看。

「原來玻片內外具有時差，在玻片裡的我想必就是規律的日常，日復一日，僅能透過玻片外的畫面更迭，感受時間徐行。」坐在窗邊的沙發短邊，退回光沒照射到的暗處發呆，某種感受一晃而過。欲脫桎梏，於是疫情中，常思念著旅行，思念著計算該在飛機上睡多久才能調整好時差的日子。自在的移動在此刻，仿若是十分奢侈的事情，如童年時渴望的冰淇淋，思念之際，又唯恐自己太過炙熱，讓那霜花都融了去，得小心翼翼，若滴落地上便不復存在了。見到對面大樓的其他人，蝸居數日，盼望不外相同，只願能不再被困在同一玻片中。看著網路上各地的旅遊探索影片，聽著 YouTube 裡亞馬遜雨林的溪流與蟲鳴鳥叫，操縱著電玩裡於各個地圖闖蕩的角色，移動不是非得要遠行，不是非得是哪個明確的地方，只是想稍稍滿足懷念。懷念那種至少還能當著巨大轉輪運作，躡手躡腳地，從景色轉動中悄悄擰出一點自由，沾黏自身也好。

默默地，列出在這段不知道會維持多久的隔離時光中，該做的一些事項。音樂該有所長進，交稿的文字得慢慢產出，各式各樣的閱讀不能少，維持身體機能的運動不能斷掉。三不五時的「都好嗎？」，家人與朋友的聯繫，也在此刻顯得

更為緊密，就像鍛鍊肌肉一樣，足量的蛋白質才能補足被撕開的間隙，攝取自身重量的一．六倍克數後將使連結更加茁壯。陪伴社群也能解己憂的多人直播，聊起防疫日常做些什麼，才發現在生活的許多層面，自己比大家都慢了不少。有人說疫情把生活的指針撥慢了，但老實說，除了待在家裡的時間變多了，好多事情其實是被疫情推擁著加速前進，老一輩常掛在口中的把握時間，被滯留的我如今只能使勁地攀著時間，生怕一恍神就會被落下。

學習使用以往不常接觸的 Line App，綁定了許多服務——外賣扣款、刷卡明細、疫情通報、銀行匯率、訂餐服務，以便更能接收到各單位的即時訊息。抽空瀏覽各種疫情相關的新聞，各種宣導安全距離的方式，包含了搭電梯的面壁站位法、口罩 2D 轉 3D 的破維摺法、透明面罩防霧透光比較。研究了外送生鮮的管道後，發現原本負責接送往來的計程車服務，開始提供蔬菜的配送，更嘗試購買生鮮直播主的食材。社群平臺上湧現各式各樣的防疫食譜，中西合璧的創意料理看著心動，長輩承繼而下的家常菜勾勒情懷，最後在廚房奮鬥已久的我盛上餐桌的仍是懶人大雜燴，能吃就好系列。網路上的運動教學多了許多「#在家」、「#徒手」、「#高間歇」，做著做著，在十五秒的休息時刻躺在矩狀瑜伽墊上，此刻觀測我的「Covid-19」想必也在默默地同步記錄著：「#啊這就是生命」。

說起來，相較以往旅遊所能經驗的那種「跨越時區」的時差，拍電影時似乎也常需要感受「時間流逝速度」的時差。在製作上常常為了那一刻的氛圍，而花上了大半時間在等待，有時等待浮雲、有時等待陽光、有時等待幕後人員的陳設、有時等待靈感、有時又是等待著演員的梳妝打理。更遑論最終的成品，那一兩個小時的情節鋪設，大多是夜以繼日所捕捉的素材去剪輯而成。大費周章，就只是為了再現抑或是釀出如夢幻之泡影，那一個個彷彿似曾相識的夢境。

小時候兒童叢書裡，有一格畫面是青壯年時期的愛因斯坦，手握著鏡子，快速地移動在宇宙星球間，探討如果以超越光速的速度前進時，是否便能追到過去的幻影，形塑回到過去的可能性——對於能夠高速前進的存在，時間是膨脹的。由理性的角度去探究，能證明時間不是絕對的，而是相對的；而感性地去說，不外乎就是「這個年輕人內心住著老靈魂」、「年紀小小就長得這麼成熟」。換句話說，時間便是他自己，獨自存在，從未依附在他人奉為圭臬的定義之中。絕對的時間只有在公有的計時系統架構下才能成立，但回歸自身，世人如漫天星斗，

終究也只在自己的星球殞落。無論是身體上抑或是心靈上，每個人都有著自己與時間的關係，時間不是生在鐘錶上的刻度，而是一聲嘆息，幾次流連，短暫的恍惚與一抹淚光。

「啊，這就是生命！」這是第六百二十一次的嘆息，而疫情還是沒從這個時區離去。是啊，遇到更為巨大的東西時，也就只能認命了。而當認清了命，才興許有些機會能改命。如同現在，時而感嘆，時而怨嘆，嘆著嘆著，也許晚一些疫情發布，突然就有些好消息了。

外面下起了雨，於是點開 Google Maps，將右下角黃色小人丟進仍陽光普照的戶外街道，滾輪轉動至低倍鏡，緩緩將臺灣這座島嶼放置在屏幕中央。影像逐漸清晰，中央突起的是中央山脈，轉動至高倍鏡，我曾在它身畔農地製作過桶仔雞。「你記得我們做桶仔雞的那個農地旁邊的溪流叫什麼名字嗎？」將畫面微微挪至農地旁的流水，傳了訊息問那次帶我去花蓮玩的朋友。「那是灌溉用的大水溝欸。」朋友以文字「哈哈哈哈」笑著回我，傳給我同樣的畫面，艷陽高掛，而雲朵串成一條條滾邊鑲在藍色織錦上面。「那你認識那個穿灰色外套騎摩托車的人嗎？」「我不認識啊，哈哈哈哈」「我好羨慕他喔。哈哈哈哈」「笑屁啊，哈哈哈哈」。此刻世界上的所有人都是河流，或湍急或和緩地在自己的流域遷徙前進，雖然不知道還需要多久時間，但我相信，在經歷了各自的「時差」後，最終我們又將匯集在同一片汪洋。

芋頭、日記、粉刺

「怎麼能這麼容易呢？」一邊看著影集，我一邊想著。

故事裡，患有亞斯伯格症的少年是幫亡者整理遺物的整理師，伴著美麗而纖細的德布西《貝加馬斯克》組曲第三首〈月光〉（Debussy: Suite bergamasque, L.75: III. Clair de Lune），總能打理好整個空間，再將亡者最值得被紀念或留下的東西，安在一個小箱裡，轉交給那些被留下來、值得託付的人。

過年期間，決定好好整理母親生前的書房。母親過世後，每次看著房間，腦子總是啪嗒啪嗒地發出撞擊聲，彷彿有一群白色的飛蛾，在燈光的照映下不斷地盤旋向窗戶飛撲；心裡破了的口，在一次次的撞擊下，似乎也被旋得越來越緊。

母親有個怪癖，雖然不太會煮菜，但總是透過購買食材的方式來跟家人們點餐。她時常將各種食材組合備好在冰箱裡也不說明白，而我們只能透過翻冰箱去揣摩，試著窺探出她想吃些什麼。有一次，她一大早開車去深山和當地小農買了一顆她愛吃的芋頭回家。我和父親看到這麼大一顆芋頭，思考良久不知該做些什麼料理好，直到父親發現糧食櫃裡多出來的米粉後，我們才成功推敲出那天的午餐菜色。

首次整理母親書房時，母親剛去世。或許潛意識仍想方設法希望停滯的空間能留住時光，於是只丟棄一些不必要的文件，不敢做太大更動；生怕一不小心，將珍貴的記憶親手拭去。於是整理，也就是把每個留下的物件仔細歸類。

「應該要盡可能地讓空間產生流動，不至於停滯下來。」我開始揣摩母親的心思，抱著這樣的想法做出決定，開始第二次的整理。有時在想，母與子本為一體，因分娩而成為彼此，錨定在他者與自身間的模糊。整理過程中，我透過雙手摸索每個母親存在過的印記，彷彿也用手指讀探母親的記憶。

比起其他父母親習慣手摸小孩的頭，從小母親習慣用手摸我和哥哥的背。母

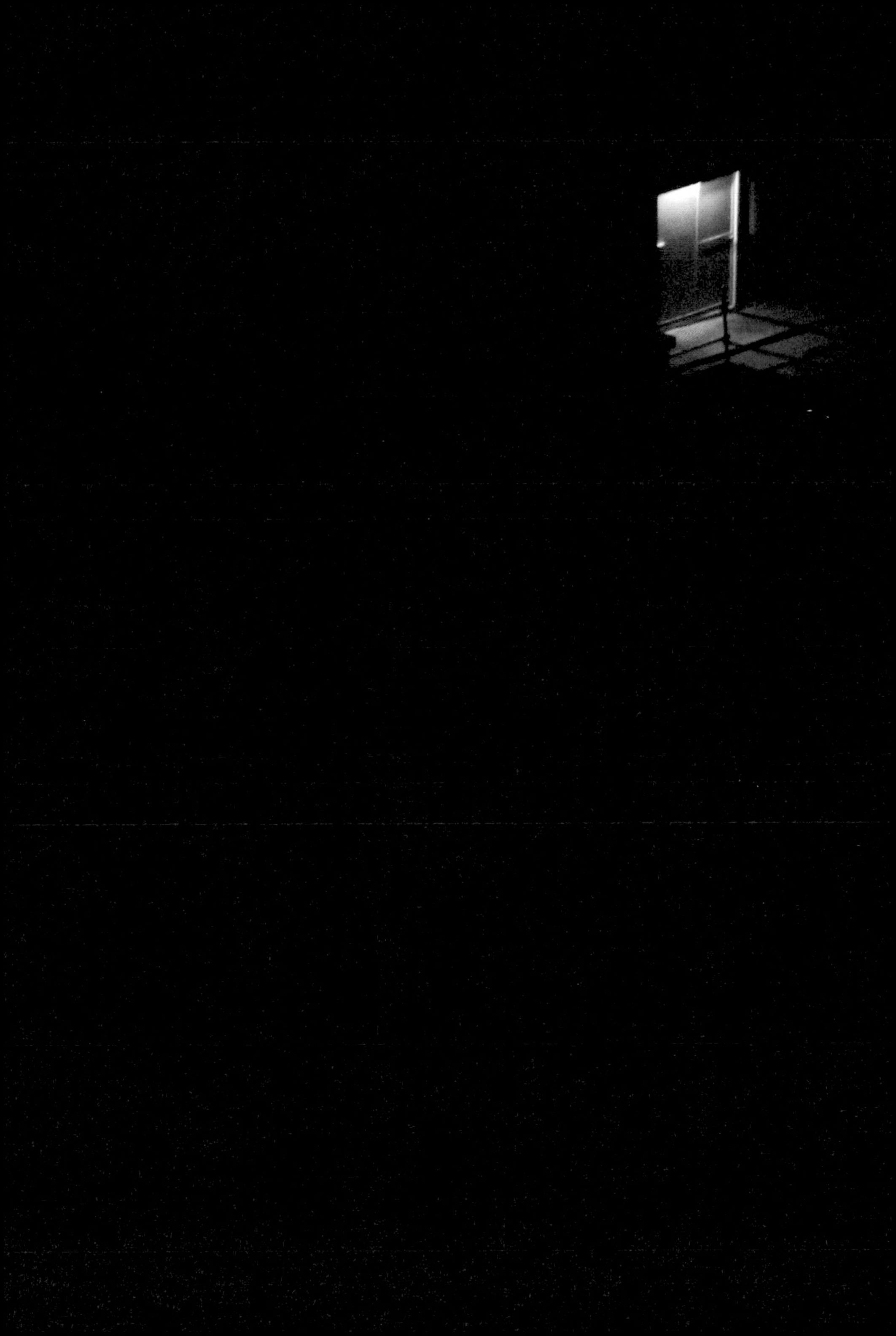

親本就安靜，我們總也安安靜靜地或坐或臥在母親身邊。自父親不在臺灣後的日子，那便是三人最緊密的時刻。日常如我，原先只是溫順地去感受母親肢體接觸所留下的暖意與親近，但慢慢我和哥哥都發覺，母親似乎也常透過摸我們的背，以雙手尋覓背上那些生活中積累成的堵塞。每當探尋到凸起的小粒，原先柔軟的手便凝起了力道，以食指與拇指相配合，時而單手，時而雙手，以不同的角度出擊，由情感豐盈的心之所向轉為技巧性的攻殺討伐，將因接觸外界氧化，進而固化的雜質推擠而出。面對不斷增生的阻塞，母親也總執拗，要我和哥哥把房間燈打得光亮，裸著背部，好讓她能確實地將這些頑強的對手們一一拿下。

母親是個無比堅韌的人，獨自一人在臺灣一面工作，一面拉拔我和哥哥成長了十多年。大多時候，都不會向我和哥哥散發任何她自己的負面情緒，鮮少以言語與我們深談，大多時候都是行為顯得深刻。我壓力大時，她會叫我過去摸摸我，我心情不好時，她握緊我的手，感到迷惘時，她會笑著帶我出去走走，但她從不多說些什麼。而關於我和哥哥的品德教養，她總是展現擠粉刺一般執著，行勝於言，方方面面皆然，「循循善誘與高壓懷柔」在課堂上學到的這些詞彙，形容她再精準不過了。交疊母親的軌跡，整理的過程，也是一邊呵護整個空間，一邊將讓空間變成泥淖的東西丟棄。而握在手裡最久的東西，是在書架後側翻找到的日記，母親記憶的方式，跟我方式雷同，也都記得零散。不會太過刻意的將每日都記錄下，上面有些描述著夢境，有些回顧過往的懊悔與甜蜜，有些是經歷當下的所思所想，有些則是對未來的盼望與渺茫。

看著日記，如同首次與母親談心，低著頭專心傾聽她以筆尖刻下的話語，細語如水晶墜子，在耳邊輪轉，筆筆寫得接近，纖細的筆跡落於紙上，時而和緩，時而侷促地喘不過氣。直至後端的語句後留下了大面空白，卻是無以喘息：「到底該怎麼賺到這些錢，我真的能支撐這個家嗎？」當下才曉得，原來母親生前常懷恐懼，內心對於家中經濟狀況總揣著不安的情緒，多次無助地在紙上條列記下家中的開銷與債務。或許正因母親不善表達，字裡行間傾落的情感在耳邊凝動顯得更為響亮，眶中潮汐，淚珠不自覺隨著身體顫動而落下。

哥哥也拿走一本母親留下的日記本。儘管我們兩個沒多說，但大都是為了陪伴。母親的字，筆畫流轉圓滑，但整體輪廓仍屬方正，看來更像是男生的字體。至今才發現我和哥哥的字似乎也承襲母親字的樣貌。說得理性一些，這便是基因排列加上了後天的模仿；說得幽默一些，這便是我和哥哥從小模仿母親簽名的結果；說得浪漫一些，或許母親的一部分也存在於我們寫的字中，墨水如血液，始終連結著。

關於死亡，有人說過，如果不將時間當作線性的存在，也就不存在死亡了。在三維空間中，兩條線有著不會相交的可能性存在：一個是平行、一個是歪斜。我想我和母親之間的軌跡，應是慢慢從疊合位移成了歪斜，忽遠忽近卻從不會消失，即使無法相交仍能對望，每次看著對方也會都如此不一樣。彎彎曲折的視線，就如同組構生命的去氧核醣核酸，以雙螺旋的姿態，環繞出彼此的生命。換句話說，那個總是露出靦腆笑容的母親，現在也仍還在某個地方，靦腆地笑著，甚至能以其他的媒介與我對話，勾勒著自己的善感柔軟與除惡務盡。而現在還不明白的地方，也許往後又會再透過其他的人事物，從過去傳遞許多訊息給當下的我。想到這邊突然也覺得，面對死亡，或許得關注更多的存在，那些被留下的存在，都將成為母子不時對望的依據。

看著母親的字，就像是看著火一樣，耳中也會傳來筆尖與紙張觸碰時的聲

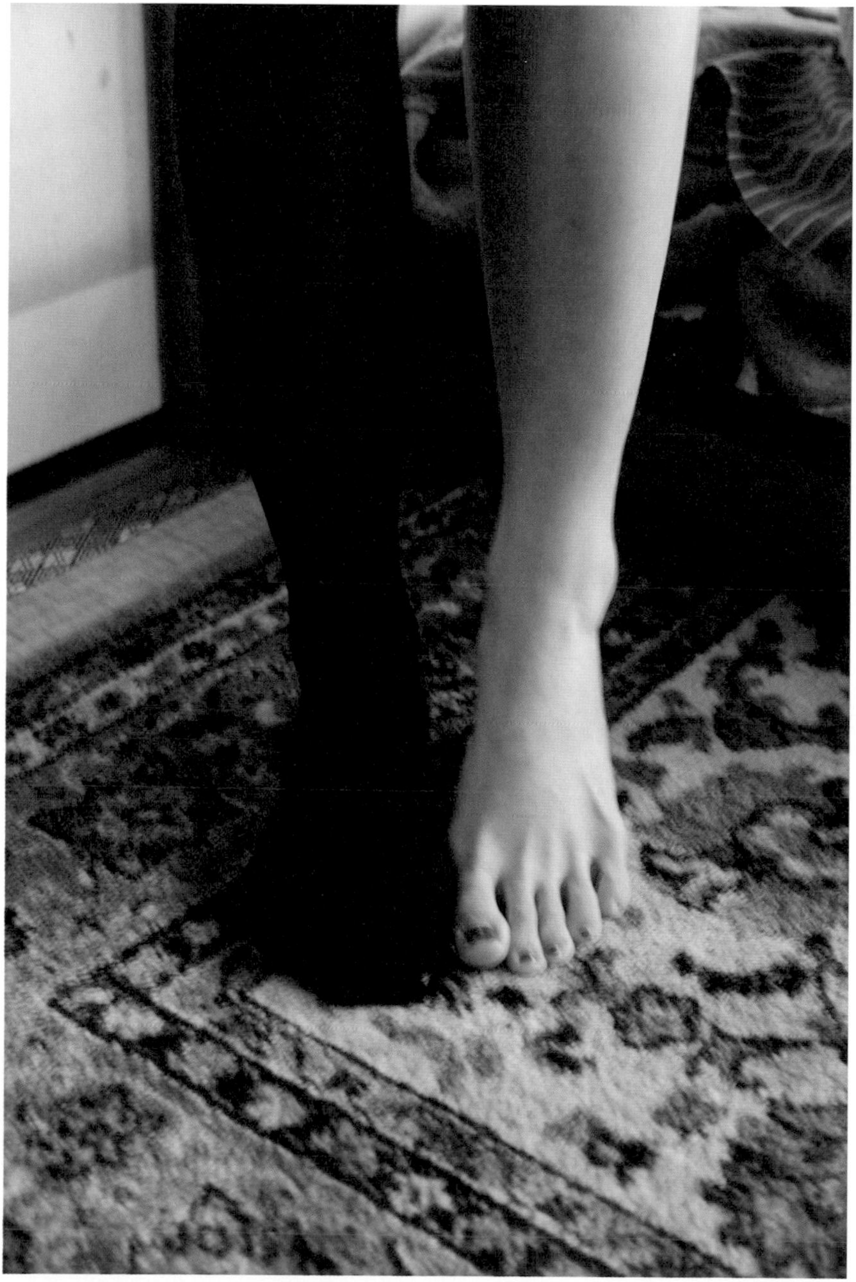

音，如同母親的指尖在背上幫我找尋那些等待除去的淤塞，嘶嘶吵吵的鐫刻著，漸漸也與我的心跳合為同頻率的脈動，酸酸的，暖暖的，袒露著呼息。另一件母親藉由日記告訴我的事情是，原來我曾經有個妹妹。母親以潦草的字跡寫道，原先的許多期待和擔憂，最後卻命定般只留下空蕩蕩的洞。熟悉的字跡勾勒出「妹妹」二字，我才回憶起父親準備要去大陸那陣子，有一天早上，剛吃完母親一早去早餐店買回的早餐後，收拾書包準備要趕去學校。本要送我去小學的母親將我抱起，放在腿上，一樣是摸著我的背部，沒來由地問了我一句：「小田啊，如果有妹妹，你覺得怎麼樣？」記得當時我也童言童語的回應：「好啊，那我就是哥哥了。」

日記握在手裡，彷彿成了鏡子，映照著擁有另一個可能的自己。他如果有個妹妹，會叫什麼名字呢？他和她會是怎麼樣的個性？妹妹在他和哥哥的陪伴下，又會變成一個怎麼樣的女生呢？母親會有不同樣貌嗎？我們都能聽見更多母親的聲音嗎？其實說是遺物整理，反而是那些離開的人，想替被留下的人，透過刻意留下的那些東西，說些、做些什麼。說是斷捨離，細數的也不該是斷、捨與離，而應該是藏在其中的「留」，那些捨去，不過是為了讓自己更專注地將視線凝聚在被留下的那些珍貴物事。

整理完書房後，也整理了自己。「你喜歡吃芋頭啊？以前不是都不怎麼吃？」幾天前，跟家人吃火鍋，家人突然問道。才驚覺，原來也漸漸開始吃母親愛吃的東西，潛意識裡，彷彿用這種方式把一部分的生命嫁接自身之上。人死後，總是會從活著的人身體裡，留下一些什麼，也帶走一些什麼。與其說是活得越來越像母親，我想是也將一部份的她收納到我的身體裡，用自己的方式，企及不朽、企及留存。

於是，三月四日，母親記憶裡最後的日子，或許不是活著了，但仍將存在著。幾天前，將家裡的鮮花摘了幾朵，放在母親禮佛小桌前的瓶子中，母親的手機上，行事曆又跳出一則訊息：「改變自己行為，身體力行」，那是母親生前設給自己的叮嚀。原先冰涼許久的背，又被母親溫熱的手心平撫熨過，「知道了，知道了……」才剛剛偷懶打了電動的我，站在母親的書房，用孩時的口吻撒著嬌，希望能刺破這個世界，將思念傳至另一個遠方。

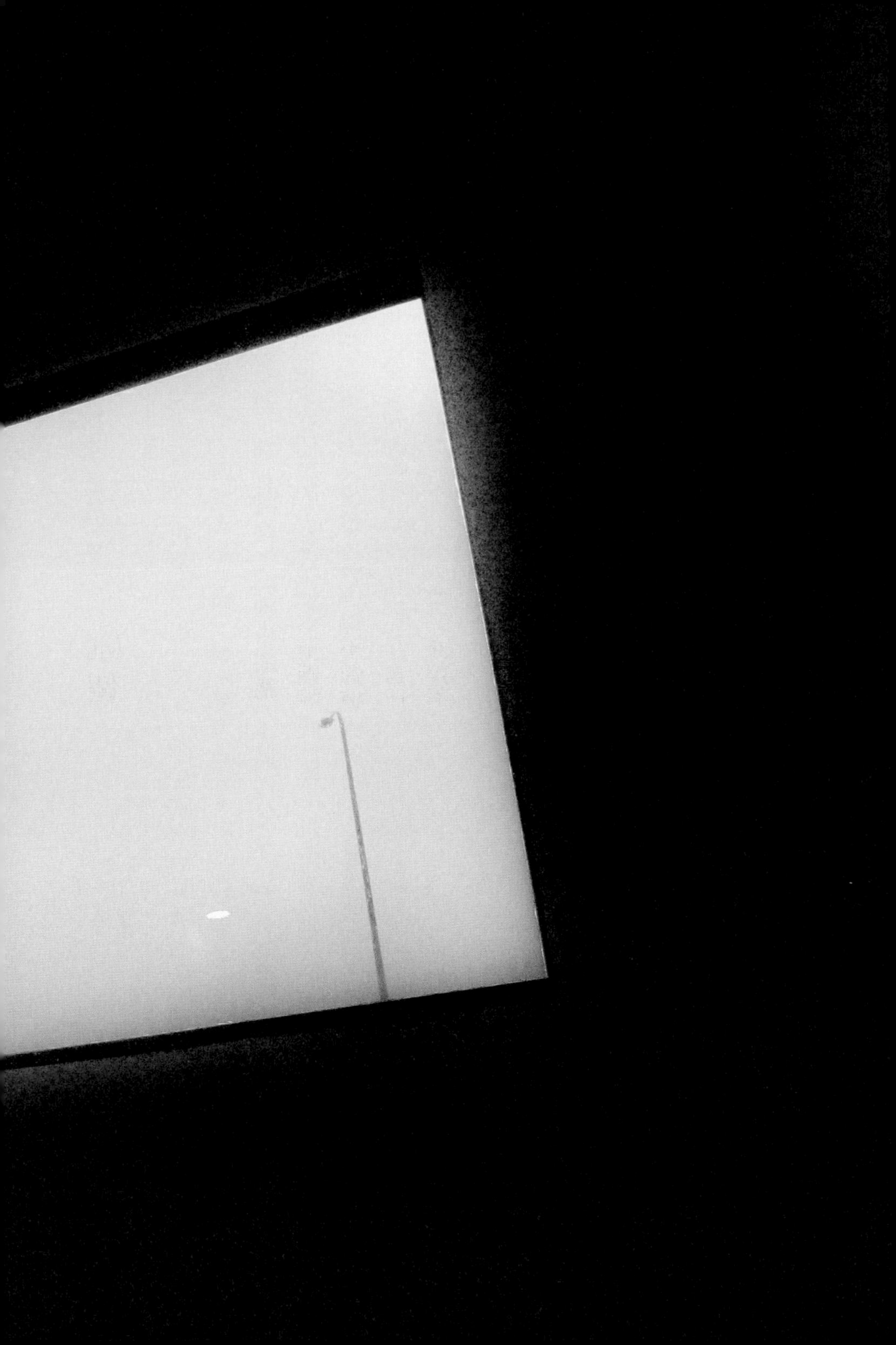

在車上，只是坐副駕

疫情趨緩，美術館、電影院、餐廳、健身房等地方，原先瀰漫的灰濛濛空氣，漸漸醞出嗡嗡不絕的聲音，群眾漸漸臃腫成巨獸，鬆鬆肩頸伸展脊柱，準備再次占領熟悉的疆域。一開始也覺得不習慣，隔離這段時間彷彿修了多年閉口禪，如今開口編織話語，都需要重新熟悉自己的肌肉。好多天呈現同個狀態，對於走出家門感到遲疑，整個世界，就這樣猝不及防地進入後疫情時代的復健期，而原先延宕的工作積累至今也陸續動作了。

這幾天的出班時間大多是早上六點半，於是也將自己的作息調整成早上五點起床就能保持清醒的狀態。天氣微涼，比起夏天時的隨性，盥洗時會先選擇刷牙，刷牙同時等待水龍頭流出的水轉暖後再洗臉。清潔保養完後，會喝一杯溫熱水，讓原先晾著的胃安穩，靜下心想想該穿些什麼衣服出門，順應拍攝現場環境的不同，也將會有不同的設想，而因著自己的個性，主要方向不外乎符合機能、輕鬆而不失去禮貌。

搭乘劇組的通勤車時，若可以選擇，都會坐在副駕駛座，除了能夠好好休息外，也喜歡每次睜開眼時能看得寬廣，不需和後座一般，總是得從兩個前座中間往前探頭。而通勤時我總喜歡用有線耳機聽音樂，雖然比起各類酷炫的無線耳機少了點潮流和輕便，但這樣單一功能的物件常常使心裡更為安穩。「有線耳機掛露在外面很醜，而且每次還要順線，很不方便，」朋友這樣跟我解釋，但我依舊覺得在身上嵌入一段細線常常更顯禮貌端莊，能很明確告訴對方自己的狀態。而當碰到需要寒暄的時候，也可以禮貌地把耳機拿下，輕輕屈身敬禮。相較於無線耳機高雅而冰冷的姿態，拿下有機耳機後，順線收納、打理自己，雖顯得笨拙，但也能默默在這過程拉近距離，變得更為親近。

在副駕駛座戴上耳機，入秋後的天空陰鬱許多，這次的案子，很幸運的是拍攝地點大多在郊外，通勤時間總能好好補個眠。闔眼前看看窗外，想起演員朋友間的聚會，似乎每當聊到彼此最近在忙些什麼，無論多麼疲憊無論多麼想要休假遠行，在參雜著些許煩躁微詞的討論後，總異口同聲地說，能夠這樣忙碌是好事，然後再彼此輸送作為放鬆的唉聲嘆氣。能忙時就盡量忙，以演員的被動性，能有工作就是值得感激了。

沒工作的日子總習慣一早起來沖完咖啡後就開始先閱讀，先是電子信件，再來是排定的書籍等等。後來明白，各式的閱讀，無論是電影、書籍、他人，都是在借東西。那些借來的東西用以讓自己內心的某處空間拓展，使用完畢後，始終都得還回去。可那並非代表「失去」，而是你獲得了一個個儲放的「空洞」，得以讓你增添、放入更多屬於自己的東西，如同替多出來的疋布，烙上個人的印記。「在心裡造一座廟」，聚會中朋友提到的，十分貼切。而誇張一點說，就是成為自己世界裡的至高存在，打造一個屬於自己的世界。

於是，除了輸入一些新知，也開始試著輸出。起點是透過表演，再來接觸音樂和繪畫，最近也開始透過文字編寫梳理自己，整理每段日子裡會埋藏至遺忘之處的念頭。與自我對話，把那些「空洞」填滿，讓自己不再會有過度拓展的虛無感和悵然。清靜時圖著熱鬧，熱鬧時似乎又盼著清靜，相較於疫情時候完整而大塊的時間，如今閱讀和寫作，大多只能利用一些零碎時間，等待積累到一個數

量後才能將那些片段編整為一篇自認通順的文章。當然，過程中也發現自己適應得不錯，一開始的確因爲作息狀態改變而不知所措，但很快也找到這種碎片化吸收與書寫的樂趣。雖然也有可能是太容易說服自己，等忙完後回望的這些文字，都只能被稱為不堪用的淤塞，但仍是勉勵自己，能有所產出或許就是在前進了。不曉得收到文件的編輯心情又會如何？希望不會被討厭就是了。

居家隔離三個多月，雖說對生命並沒有大徹大悟，但似乎也稍稍變得通透一些。以往總是會習慣說自己去工作，如今更傾向說是打工掙錢。並非追求專業的心態變得鬆散，而是希望能時時提醒自己，保持鬆軟以免顯得太過拘謹與狹隘。在這個斜槓的世代，許多時候似乎也不能讓自己固守在一個狀態，換個角度去思考，依舊是以一生懸命的心態在完成每一項工作，只是那懸命之念，不再是為了疊合被社會期待的角色，而是成為自己嚮往的樣態。過去害怕面對的成名，如今也能好好接受，並在訪問時侃侃而談自己渴望被看見。

「打工掙錢」的想法也能提醒自己，再怎麼樣也不該忘記將付出的心力兌現。過去在工作上，只在乎心靈上的富足，渴望學習，渴望成就更好。心裡總認為金錢是庸俗的物事，足夠就好，無非只是求個溫飽。認為若把工作視為掙錢的途徑，將會使自己沾染穢氣，所創作的東西將顯得不夠純粹。在母親工作用的名片夾裡，最前方夾上了一小張紙條，第一點就是這句：「要懂得自己被利用的價值。」現在的我也更清楚如何均衡攝取心靈與物質的食糧，在維持好自己生活的同時，也需要強大起來，才能照顧好自己的家人和朋友。

前陣子合作一位前輩演員，七十多歲的他在現場時常記不得完整的臺詞，不過那樣的狀態卻也是更符合劇本中描繪的角色。拍攝過程中，我常在一旁默默觀察他，總喜歡他忘詞後自行抽離、與劇組工作人員聊起天的反應和待在一旁等戲時的寧靜，某種在自己的狀態和拍戲的狀態之間的游離。有些時候他犯錯了，是因為沒有在演，太過真實了；而有些時候他做對了，則是很明確地在表演，反而像是服務劇本。說是人生如戲，許多人都想活出戲劇般的生活，而也有許多人想演出如人生般的戲，大家都攪和在這兩者之間尋求著真實。有天等戲的空檔與他在場邊的小陽臺聊天，他提到前幾天又有老朋友生病離世，出於關心，我提醒他也該定期做身體檢查。「像我們這種年紀啊，不檢查還好，一檢查其實渾身是病，檢查不完的，有時候就順著它吧，該怎麼樣就怎麼樣。」他邊抽著菸，邊把玩自己手上的戒指笑著跟我說。記得大學時，第一次演戲合作了一位老前輩，每次跟他聊天，結尾他也總會不斷地說：「開心就好。」

這類仿若有大智慧的話語，某一派人是為了彰顯自己而說，使自身看來大徹大悟。另一派人則像是提點，為了時時謹記在心，同時也希望能傳達給他人。我想，當抵達某個年紀或是看得見生命那模糊柔了邊的盡頭後，便會反覆說著幾句簡單的話語。回頭望去仍是有許多不確定，但往前看，從一片光亮中誕生，自然便是要往一片光亮走去。有個自小便明白的地方等著你前往，在最後幾里路，夾雜著確信和不確信時，或許才能顯得真實，才能有著坦然與釋然。

正因明白無常，而開始珍惜日常，隨著珍惜日常，原先看似很巨大的事情，才將能開始變得簡單。「要懂得自己被利用的價值」，原先只著眼在「利用」，現在看著這行字，才明白應該在乎的是「價值」。明白自己的「價值」後，才知道怎麼往憧憬的方向行進，也知道周圍的人又是為何而靠近。若是近觀，確實會顯得繁複，但若能靜觀，其實許多令人困惑之處，答案也都在身旁。就這樣反覆跳躍在兩極端間，慢慢逼近能夠拿捏好自己的平衡點。

一次展覽裡，我站在四面都是鏡面的空間，週遭人的一舉一動，即使背對著也都將無所遁形，朝著角落走去，安靜地站在那裡。都市裡的生活此刻顯得真實，每個人都成為肌理毛孔，一個行為諸多面向，原先的醜陋不堪，此刻卻顯得幻麗，看著聽著也鼻酸，這樣的幻影更像是生活。如果最終還是回歸到自己，或許出生便是某種逃離家鄉，在成長過程的諸多矛盾與羞赧，也成了近鄉情怯的鄉愁。

作家莫言在《紅高粱家族》裡面寫了一段文字，我至今非常喜歡：「高密東北鄉無疑是地球上最美麗最醜陋、最脫俗最世俗、最聖潔最齷齪、最英雄好漢最王八蛋、最能喝酒最能愛的地方。」他敘述的是家鄉，而如果人最終前往的地方是自己，那自己便是家鄉，這樣說來便不用太過於糾結自身是否不夠美麗、不夠脫俗、不夠齷齪。「到囉，可以下車了。」朦朧中，聽到劇組的司機從一旁跟我說。我帶著睡意，打開車門，冷風從東北角灌入，我想，當能擁抱一切屬於「我」的狀態時，應該就能回到最純粹的地方了。

不如都當作禮物

忘了在哪看到過，似乎是漫畫中的角色曾這樣說：「評論是最容易的，因為輕易就擁有無比的破壞力，能毀壞他人花費極大心力所築成的成果。」

朋友分享了一則影音，影片內容是位老太太講述自身如何看待「藝術」，過程中肯定了好些藝術家，也否定了某些藝術家。朋友好奇我又是如何看待？他抱持保留態度。「我好像沒有那麼認同這位老師。」看的過程中心裡總覺得不平整，窟窿雖小，輕微搖晃仍是難受，於是我便將感受以文字訊息回傳。

朋友說或許類似私廚和速食的差別，注入的心力、感情終究有差別，因此產生的靈魂重量也會不一樣，那位老太太應該是在講述那個重量。「那又該如何衡量人的心力與感情呢？」我心裡納悶，對於產出評論容易與否，不予置評，但評論所擁有的影響力，常是感同身受。讚賞的評論，能夠滋潤創作者的匱乏；批判的評論，也的確常否決他人的用心良苦。一位知名餐廳主廚所做出的料理和速食店中努力量產漢堡、薯條的工讀生，注入食物的心力與靈魂又是誰高誰低呢？

主廚也許遊歷四方，取經各式料理精髓，投注許多金錢、時間和汗水，才發展出屬於自己的烹調方式和氣味。而工讀生只是經過企業短期培訓，負責製作規格化的食物。以此角度切入，食物中所擁有的靈魂密度顯而易見。但工讀生不馬虎的態度，努力使每一位客人都得到滿足的專注，似乎也不能就這樣被輕易否定。聊著聊著，總覺得比起著迷於評斷事物好壞，不如著迷於探尋事物的本質。

在原生家庭的價值觀中，演員並不是個恰當的行業。小時候，每次父親、哥哥和我三個人窩在客廳看從百視達租來的錄影帶時，母親都會從臥房走出來看了看螢幕，若是武打動作片，她就會說：「這些都是鬼打架。」；若不是武打動作片，她便會說：「這不是看過了嗎？」。還未接觸表演前，對於電影和演員的印象大多模糊，能夠朗朗上口的名字，都是隨著父親的喜好：史蒂芬·史匹柏、哈里遜·福特、尼可拉斯·凱吉、約翰·屈伏塔、湯姆·漢克、成龍、李連杰、周潤發。

當時的我十分害怕被注意，只要是任何會被大家關注的場合，好比運動會、朗讀比賽、音樂課呈現等等，都會緊張地不停咳嗽。總覺得字詞在喉頭黏，無論吞吐都顯費力，甚至事前到廁所催吐後，才能夠將七上八落的心思撫平。除了擔憂自己被觀看，甚至也害怕別人知曉我的家人，一旦和家人共處的互動被同學看見，那紅彤彤的表情有如將整個人都浸入酒缸裡，並非源自對家人的不自信，單純是某種赤裸所帶來的羞赧。綜合這些因素，不僅過去沒想過要成為演員，就連成為演員後，也時常在自稱表演工作者或是演員時感到強烈的言不由衷與不自信。「原先想成為建築師的自己，不過一次因緣際會下演了電影，怎麼能稱作演員呢？」心裡總是這樣質問自己。那段時間我說服自己，安藤忠雄年輕時也打過拳擊，荷蘭建築師雷姆．庫哈斯（Rem Koolhaas）也當過記者，難得有機會體驗當演員，不妨就試試看，或許會成為未來創作建築的養分。

直到這一兩年，才漸漸對於自稱演員這件事感到踏實。也許是因為積累了一些作品，也許是慢慢形塑貌似業內打拚的社交圈；也許是在社會中要填寫的資料越來越多，也就習慣將演員附註於個人資料；也許是年齡的增長，選項也越來越少，於是徬徨失去了許多方向，便不再猶疑何去何從。也許是明白生命貌似沒有規則，但最終都將隱晦地導引你到達某個地方，去窺探最初的模樣。

細思為何成為演員的因由後，原先發散的思緒卻漸漸擰成一條細線，自己不過就是追求生命重量，想透過角色、影像延展自己的生命。只不過是難以忘懷第一次感受影像的永恆性，如同鑰匙把門鎖打開般，從核心發出的清脆聲響——當拿著電影票入場，看著自己出現在大銀幕上，頓時恍了神，有種靈魂的異變感，好像瞬間多出了另一段生命；原先行走的道路，突然因匯入另一個生命支線而無比寬廣。看似理想的心路歷程，在最深邃的地方，不過也就是貪婪。

曾被問到覺得當演員最重要的是什麼？我回答：「信念感。」在詮釋角色的過程中，你必須有著信念感，才能與角色疊合；在日常積累的過程中，你必須有著信念感，也才能堅持著這個職業。身為一個三不五時就會在網路搜索自己名字或是相關作品的人，當被問到「如何看待網路的評論」時，也常覺得信念感無比重要，必須信任自己的評斷能力，吸收有意義值得消化的建議，也才能過濾無意義純發洩性的評論。

前段時間看過一本書，是在談「禮物」。作者的基本假設是：藝術創作是一種禮物，而非商品，在禮物的循環中，無論是持有者或是禮物本身都會成長。書中提到禮物與天分都同樣使用 Gift 這個英文單字，所以當我們被賦予某方面的天分，就該用這樣的天分傳遞創作，而創作便會成為禮物，進而流動，自身則成為川流不息的河流渠道。所以，若開始創作，便是開始分享，若能分享出去，那也代表你具有某種天分。不用特別質疑自己的高低，不一定非得創造出深不見底的晦暗，有時平淡淡在湖面泛開的泡沫，漂蕩著無所依也將觸動人心。只需要真誠地投注自己的靈魂，自然而然就能在過程中形塑信仰，成就皈依。

而評論與創作宛若孿生，經由創作而出的物事都將造成觸動，好壞皆然，當人的心中有感受時，便會以各種自認適恰的方式表達出來。所以換個角度來說，評論與創作的組成正好構成一個途徑，完整了從無到有的過程並成為循環，持續擴張生命力。若把評論也視為禮物，以這樣的觀點切入，就能明白哪些是真心誠意，而哪些又是不懷好意、虛應故事。

「表演和擁有孩子是同一件事情，『分娩』一個角色（accoucher d'un rôle）。」法國傳奇女演員伊莎貝・雨蓓（Isabelle Huppert）曾這樣說過。我隱約感覺，每種創作似乎都可以擁有這樣的感受。將自己的某些部分，揉入未曾接觸過的素材，捏塑為一個有生命的存在，那對自身來說也是整理的過程，最終也能更了解自己，更接近自己。以演員來說，與角色的相遇總具備著偶然性，常常是要把自己切碎開來，再依循著氣味拼湊回去，重組與再現。

「這樣說起來，成為演員，某方面也是在感激所有與我自身相遇的存在吧。」我在出道後的第一個電影作品《極樂宿舍》的個人包場中，邀請了生命中每個階段的重要朋友，我這樣對他們說道。當時的我，無來由地說了這句話，經紀人表情充滿了疑惑，許多人也突然不知道該怎麼回應。現在想想，分娩而出的角色，不論被讚頌或是批評，都是我想給他們的回禮，以感激他們在生命片段中曾經給予我的諸多餽贈。

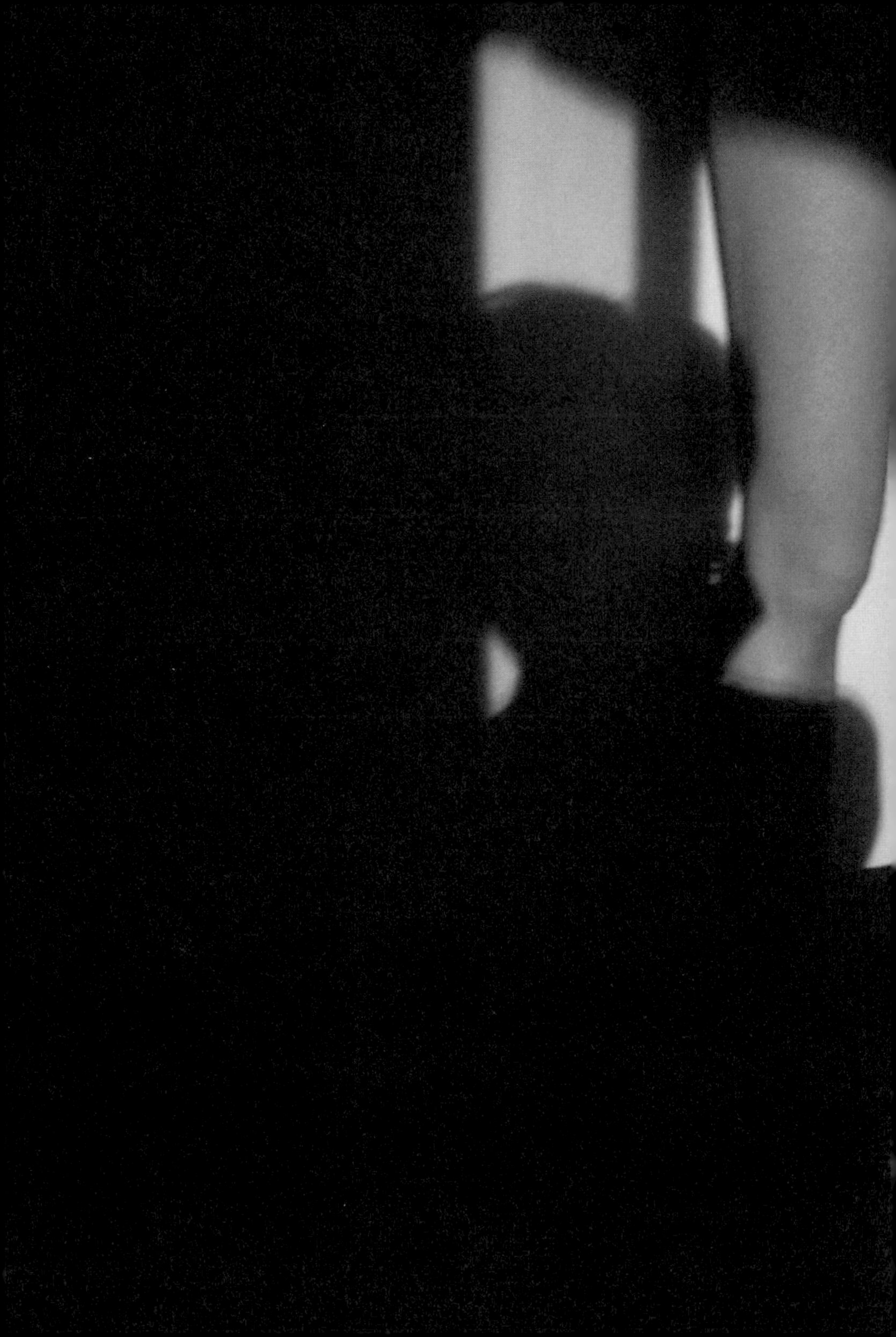

輯三

光華

乳字而來的感悟

小學時，國文老師為了讓我們記憶生字，設計一個競賽遊戲。依稀記得班上三十來人，六、七人輪流接力上臺，在黑板刻寫筆畫，堆疊出課堂新學的生字。因為有分勝負，加上以團隊進行，大家都很興奮，也常常盼望這堂課。有一次題目為「乳」字，戰況膠著如往常，終於在最後一個輪次時，我們這隊微幅領先；正當前一人在黑板完成了最後一筆畫老師準備宣布獲勝隊伍時，我衝上臺，在「乳」字右側的乚添上一撇。腦內順著粉筆擦過黑板的俐落聲響，泛起各種英雄出場拯救世界的磅礴弦樂，正當我回過頭準備與同伴們共享榮耀，隊友們驚呆的表情，冷卻了原已沸騰的腎上腺素。

而此時原先腦內的吶喊聲一一從其他排傳來，宛如神諭，只是頌讚的對象不同。隨著其他隊伍陸續完成生字，我和夥伴們則悄然對望，身軀堅實而沉重，彷彿長佇岸上的消波塊，歡樂的浪花不間斷地撞襲我們。人類的悲歡不盡相同，而

龍宮温泉
上京区千本丸太町一筋下る東へ100M

我只覺得他們吵鬧。淡然回望黑板上屬於我們的區塊，傳說倉頡生有雙瞳四目，我不是倉頡，但我是白目，橫亙在「乳」字上的那一撇，彷彿也造了個「慘」字。學生生活充滿了各式各樣的霸凌……還好我是幸運的，後來同學們多以開玩笑的方式聊到當時的事情。我除了提醒自己不要因為想當英雄而失去理智，也開始更為認真地學習每一課的生字，盼望有天能為我們的隊伍雪恥，更精準地說，是為自己雪恥。天不從人願，每半學期都重新依據身高與調皮程度更換座位，隊伍不復存在。印象中那次「乳」字後，老師也沒有再舉辦過寫字競賽了。

從小我就喜歡學習新的文字，但偏偏不愛抄寫，生字練習簿總是被老師稱作「鬼畫符」，國文成績也不甚理想。對我來說，生字簿上常見等第大都是「乙」，伴隨「上」或「下」，而「丙」出現的稀有程度與「甲」相似。對我來說，每當拿到「甲」的評第，都會懷疑自己是不是除了寫字外，還多做對了什麼讓老師開心的事。得不到的總是特別迷人，雖然也常質疑那重複抄寫的意義，卻還是勉強自己模仿最上排的字跡，往所謂的工整標楷體邁進，「真的值得花費這麼大力氣去企及嗎？若能把那些時間拿去學習其他新的文字不是更好嗎？」或許是因為內心始終都抱持著懷疑，最終還是沒能擁有他人一看到便會發出驚嘆的美字，反而是朋友們大都在看見我寫的字之後，笑笑，精闢點評我已經進入人字合一的境界。

學習生字的有趣在於，常能看見不同的風景。文字如同圖畫，常常透過「文字」在腦海中形塑獨特的畫面。甚至當字與字能組合成新的字，更能浮現從未經歷的場景。好比「犇」會呼喚出三頭牛奔跑在荒野上，漫天都是灰濛濛的塵土飛揚；「嚻」是四張嘴巴發出尖銳的聲音，不自覺想伸手摀住雙耳，與亟欲掰開手掌的聲響抗衡；「淼」如同有三個桃太郎從河的上游緩緩漂下，看著在紙張上暈開了的字跡，故事緩緩流瀉而出。

同樣的訊息，每個人在腦海顯影的畫面也不盡相同。不禁開始思考「寫字」與「繪畫」之間隱約蘊含的關聯。在拍攝《滾石愛情故事．鬼迷心竅》的時候，為更貼近角色背景，跑去書店翻讀許多本繪畫書籍作為參考。其中一本講述中國畫的書中，讀到一句印象深刻的話：「作品的『氣韻』必須生動，才能夠激起生命的感受。」突然意識到，「繪畫」和「寫字」或許殊途同歸，似乎都取決於「手上的氣韻」，於是自此便開始將兩者放入同一範疇品味。

「寫字」，在意象上似乎更重表達技巧的展現，因為文字本身有個確定的形體，創作者大多以各樣書寫方式，去展現存於「字」中的創造，進而彰顯了自身的思想與視野。好比日本書法藝術家井上有一，以「花」為主題的書法系列，第一次見到，為之驚嘆，以墨揮灑出不同型態的「花」字，字花們彷彿具有靈魂般，進行各自的生長，在奇異的世界裡，空氣中也夾雜濕泥氣味。「繪畫」，注重表達的能力，將眼前的物事揉入想像，創造出只屬於個人的真實樣貌，發著光的人可以沒有影子，午夜街景的星空可以變成披在身上的錦緞。當然其中也有臨摹寫真的範疇，不過再現真實的過程中，難免會留下一些創作者的痕跡，那得是他的眼睛才能看見、他的手才能捕捉的靈光，而那也常常成為創作的美好印記。

我在成長過程中，美術課的表現大多差強人意，比起具象的形體，似乎更偏好形而上的意念。如同寫生字，班上畫畫最好的同學，大多幾筆就能勾勒出明確而制式的圖像：家的畫法，一定會有個三角形的屋頂和四方形的房體，如果浪漫一些，會開個田字窗、擱上柱狀煙囪、長方形的門上帶著圓形的手把。家的附近若有多些三尖頭的草會醞釀美好，而圓形旁有光芒線條的太陽更能帶來溫暖。晚

上時，容易一筆畫出的五芒星星布滿夜空，月亮得盡量畫得像香蕉，千萬別畫初一的新月或十五的滿月，因為要嘛一個看不見，要嘛會被誤認成太陽。

當時的求學環境，仍以升學為主要考量，而原先能激發自由與創造力的科目，時被各式考試取代。於是難得能夠參與應當自由的科目時，卻也與其他學科一般，大多以爬階梯的方式學習，而非恣意地爬樹——爬樹的學習方式，儘管仍是有所限制，卻具備更多的拓展方向。意識到繪畫的有跡可循，於是漸漸地對美術失去興趣。並非抱怨教育體制，只是感嘆當時的我沒有這番領悟，仍汲汲營營於打電動與好的學業成績之間，因此錯失了許多更深刻、更敞亮的景色。

直至一次墨西哥的旅遊，開始有了繪畫的念頭。當時和同伴們一同參觀藝術家芙烈達．卡蘿（Frida Kahlo）生前的居住所在——藍屋博物館。房屋與主人，都在時刻中彼此孕育，遊覽過程中，除了透過畫作與畫家的目光相望，觀望以往沒注意到的事物面向，鉻藍色的空間也乘載著許多意念與軌跡，感受到無限變化的生命力。除了圖像，更多時刻也注意到「氣韻」，於是目光成為轉譯體驗的工具，能看見的東西又更具備思想，凝練至暈散，畫筆在紙上以點滴吞吐聲音。

過去曾因為修習建築，需要一些素描的底子，特意上了幾堂素描課，也多次在美術館觀覽許多畫作，但直到那一刻，內心中想透過繪畫發出聲音的慾望才暈散開來。也許是在那個時間點之前的積累，慢慢雕琢了自己的目光，於是那個當下才能模糊地捕捉到圖畫上由畫家所詮釋的真實。突然嚮往自己能夠透過繪畫替眼睛發聲，讓雙眼傾訴自身所見，正因為每個人皆是獨立個體，才能有著與他人不同的視野。或許能看見的終究是瑣碎，但產出都將是美好，如同用濾紙排除雜質，將眼前的生命緩緩沖滴下來。

而畫畫過程中，有時也會想起母親。母親的個性古怪，時常會因為害羞而避重就輕。記得有一次因為戲劇要求想要熟悉臺語，母親是嘉義人，時常用臺語和保險客戶或是親戚溝通，但當我提起想跟她學習，她卻開始不太愛在我面前說臺語。直到我解釋因為工作需求，她才害羞憋著笑問，我需要她怎麼幫忙。印象裡，年幼時也曾一度對畫畫產生興趣，那時跟母親學習如何用毛筆畫竹子，先以毛筆一側輕輕按壓，再微微將手腕上提，堆疊一個又一個的纖細三角形，便會成為一節一節的竹子。那樣的畫法長大後才知道被歸類到國畫，而不知為何，母親卻不再提起這件事情，我倔著性子不斷詢問母親畫畫的問題，她卻也總倔著性子不斷說沒有這回事。

字醜如我，無論是「寫字」或是「繪畫」都曾在學校體制中被否定。沒想到如今卻得時常簽名給喜愛我的觀眾們。拜科技的便利，我也嘗試用手機畫畫而從中找到了樂趣。一次直播過程，朋友問我為何開始畫畫，我一邊思考一邊回答才意識到原因。喜歡畫畫的理由和演戲類似，都是著迷於轉譯文本過程時能看見的斑斕。

現在對我而言，畫畫時常是在靜心，心無雜念地專注在眼睛和手上。大多時刻還是躁動得無法安靜，但若心神能充分沉浸其中，回神後常常也是數小時過去。期望自己能夠有更多時刻去專注而沒有雜念，也期望能慢慢的讓視野與手感都更加歸屬於自身之控。與其自大地說創造，不如反過來，將自己視為被創造物。若不是以完整自身為目標去繪畫，而是單純地想展現自己，或許反而難以讓繪畫直指內心，擁有穿透人心的聲音。正因不願停止被這些美好創造，所以我們才能不停滯地創造出我們所相信的美好。

走在草原上，大口吸入被夕陽烘成橘紅色的空氣，延展自己如枝葉，盡可能的以身體去感受僅存的光亮。那些難以用語言表達出來的東西，眼睛能閱讀的都將成為文本，心裡有感觸的都能成為顏料，掌握好手的姿勢，將想訴說的話語放大呈現於紙張。在畫布的空間裡就如同造物主，決定如何詮釋，與賦予何物注目，讓觀者一看到就能共感，被導引到再真實不過的境地。無論是演員、畫家，只要是創作者，應該都是為了創造一幅景象，甚至是一個世界、一個幻境。

第三類演員探索紀錄

剛升高中時，在父母的期待下選了第三類組就讀。儘管實際上要到高二才會有重點學習科目上的不同，但我猜想學校採取這樣的制度，主要希望學生能在高一時就先做簡單區分，如此同儕間將更為緊密。

就讀的師大附中一直也以班號的獨特性聞名，每個班號都不會重複，就從創校的1班，一路排序下去。的確，若一開始就有個大概的分類，大部分人也能三年都是同一個班，會更有血脈傳承的感覺，可說是某種靈魂也可說是DNA。儘管心裡也嚮往這種獨一無二的專屬感，我最後還是在高二升高三那時，與父母親的冷戰許久後，轉到了第二類組。而畢業時擁有著兩個班號的我，如今又進入了被歸類到第一類組的表演工作範疇。

誤打誤撞成為演員後，或許是學校教育系統養成的習慣，總著迷尋覓各種

「正確解答」。出道第一年，驚覺周遭人與自己的背景如此不同，大多都是表演相關背景出身的人，甚至其中一部分從小就夢想成為表演者。自認與大家處於不同起跑點時常感到徬徨失措，總提醒自己務必得花費更多心力，才能與先行者齊肩。

充滿正向與自我砥礪：既然選擇了，那也該盡力成為一個好演員。於是在筆記寫上「成為好演員」作為目標，準備列出執行細項一一達成，怎料謄上「成為好演員」後，盯著筆記本上的字跡，思想灑濺而出，案几上卻猶如一湖死水，「成為好演員」的周圍沒有浮現任何蕩漾，上頭瀰漫雲霧，怎麼費力都動彈不得。

一次，在我尊敬的前輩面前，鼓起勇氣提起仍舊迷濛的未來。印象中我們站在捷運月臺上，兩人都沉默許久，一方等待回應，一方等待回憶。月臺廣播提示音樂響起，嵌在地上一顆顆紅燈閃爍，邁開腳步，穿刺原先晦暗的隧道，陰暗轉角處流瀉出幾綹淡黃燈光。當列車抵站車門敞開時，凝滯的空氣在壓力變化下，錯落湧動，前輩終於開口回覆我。在搜索回憶的過程中組構諸多可能性後，他說這個問題可能沒辦法回答，就他自己的經驗，所認識的每個人，似乎都走著只有

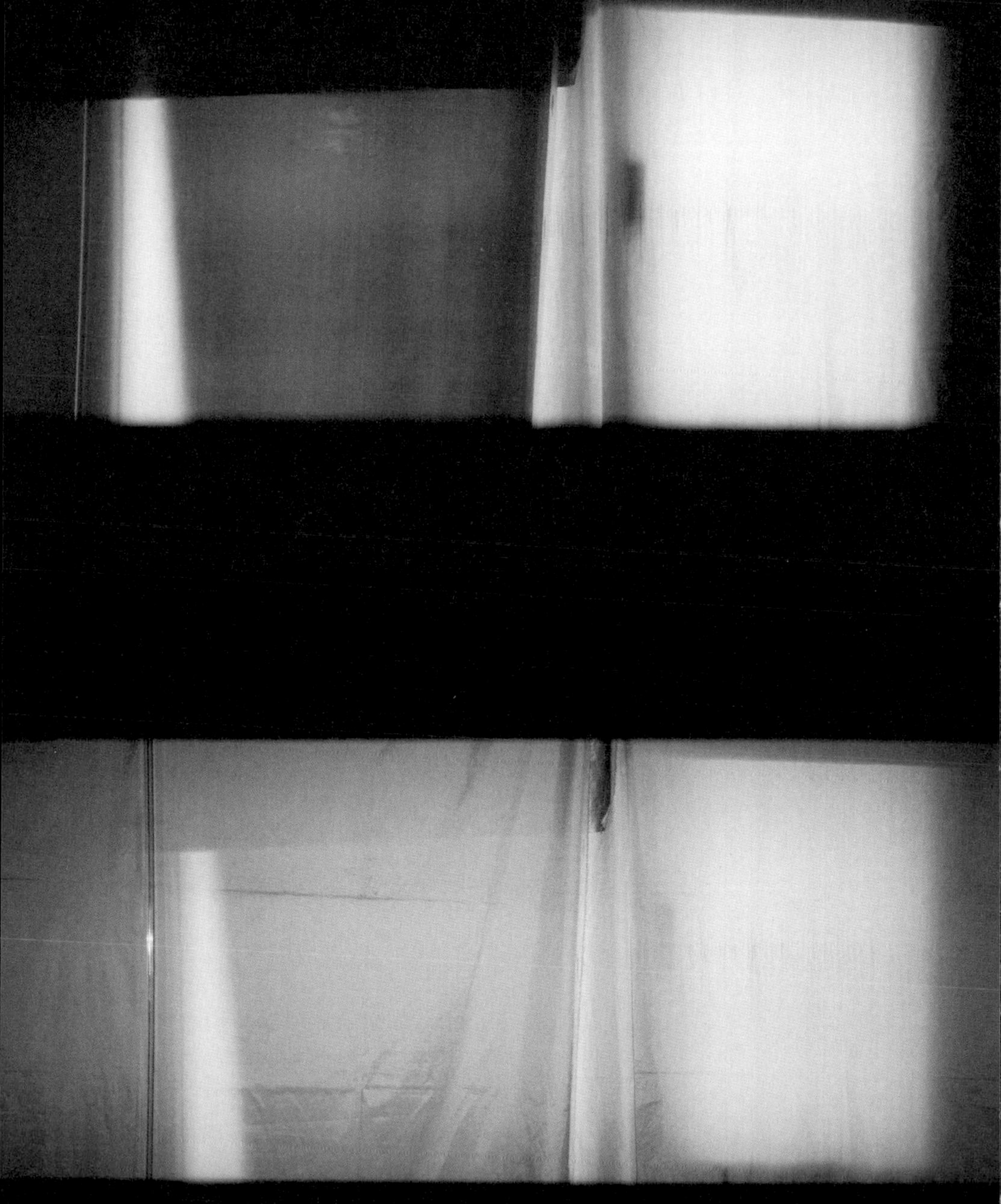

他們才能走出的一條路。「不管怎樣都會走出一條屬於自己的路，但是你也無法明確知道那一條路會通往哪裡。」腦內重複著對方說的話語，我走進車廂，望著或坐或站的同行者。「車門即將關閉，Doors Closing……」關於「什麼是好演員」的念頭依舊飄蕩，無所依從。

筆記翻頁，列出了幾個可能性後，在後方也都打上問號：受到獎項肯定？被大眾喜愛？在業界被認可、被認識？上網找了一些憧憬偶像的訪談，也閱讀許多影像作品、與演員相關的書籍，甚至追蹤當下知名演員在網路上的社群平臺，希望能夠在這般的資料研究下，找出一個個明確的交集點，然後將那些點繪成線，深信如此就能鋪設一條得以明確啟程的道路。無論是影中人自述、他人描述，抑或是第三者的轉述，話語中紋刻交疊的都如同從小學習的美德教育：堅持、善良、溫暖、專注、關注周遭、有同理心等等。挖掘與拼湊的過程中，那阡陌縱橫的資訊，似乎只指示了一件事情：要成為好演員，跟要成為一個好人，在方向上具有極大的正相關。

印象中，人生第一次參與的表演課，是電影劇組開拍前設立的一個綜合性表演課程，當時分為兩個班級，人數眾多，一開始也納悶，一部電影真的需要這麼多演員嗎？後來才得知劇組將在最後一堂課堂，從這兩個班級中挑選出最為合適角色的演員。由於自己對於表演沒有任何先入為主的想法，老師教導的各樣課程，對我來說都十分有趣。信任遊戲、動作揣摩、眼神交流、角色信念、各種情緒說同一句話等等，許多課程主題雖聽起來讓人困惑，但實際操演起來，內容就像是兒童時期的玩樂，完全不同於以往學校的任何課程。

童年有一段充滿沮喪的黑暗時期，源自於沒能收到來自霍格華茲的入學通知書。因為失落感，於是花了大量時間在當時還風靡的奇摩家族裡，加入了許多哈利波特的家族，三不五時在上面學一些黑魔法、飛行、魔藥課程。如今還記得的，只有飛行課裡的第一堂：想像並感受一顆金球環繞在身體的四周，時而快速，時而緩慢，一個類似於冥想的練習。而表演的課堂上，各種訓練感知能力的活動以及與同伴間的信賴互動，填補了我對於學習魔法的渴望，每次上課都能沉浸在驚奇而滿足的氛圍中。而正當一切都十分美好，選拔環節突如其來便開始。從童年就容易緊張的我，才意識到在這個看似遊玩的內容中，其實仍有競爭汰換的環節。不同於學校的考試透過紙筆，表演的考試更加赤裸，得用自身作為回應。

徵選地點在平常上課的教室，前半段空間作為呈現舞臺，而後半段空間作為觀眾席。作為評斷的導演、表演老師以及工作人員，在臺邊觀賞，而徵選者則坐在舞臺下等待自己的名字被叫到。兩個班級合起來大概有四、五十人吧，一個個按照順序上臺，呈現時需要自我介紹，而大部分人都在名字之後補充一句：「我是表演藝術工作者。」或是「我是一個演員。」每聽到一次，坐在臺下的我心裡都會下沉些許；一邊期許著趕緊輪到我，一邊則又漸漸失去自信，希望永遠不要叫到我的名字。就這樣，每一名帶有自信說出自己是表演者的人，都散發光芒，而少數幾個沒提的，也都端出有趣的表演。

大多數人都上臺後，終於輪到我。只記得頭腦一片空白，趕緊地自我介紹完就默默開始呈現。如果沒有記錯，在那個情節片段裡我從一個角落走出來，拿著安全帽穿著雨衣，與我的對手演員展示了一段小故事，大概就是下雨天情侶吵架到和好的過程。下舞臺的過程腦裡進行一連串的自我審查，確認整段表演沒有犯下錯誤，但回想現場的氣氛，似乎也沒有特別精彩的地方，可能私下排練時的狀態更好，上臺呈現時兩人竟然都沒有專注看向彼此的眼睛。本以為會讓評審們失望，心裡已經開始盤算結束後要開始收心準備 TOEFL、IELTS 以及申請學士後建築的作品集，短暫的表演體驗營將到此為止。沒想到最後卻幸運地選上了一個角色，雖然不是特別惹眼，但也因此繼續接觸表演。不知道為何，每次回想起徵選，腦中都會有個畫面，畫面裡我很有自信地做了自我介紹，並在臺上表演 Popping 跟電流。但現在也不知道是後來的夢境還是真實發生過。

懵懵懂懂完成陸續接到的工作，儘管過程中仍感困惑，但由於每份工作都需要大量的專注力，焦點也漸漸從「如何成為好演員」轉移到「如何好好地成為角色」。或許一直用「好」來形塑方向，評斷難免有所偏頗，但總體而言，那個「好」最終導引的方向是讓自身快樂，進而讓周遭的人感染快樂。身為演員，就是希望能夠透過自己的詮釋，帶來觀者感動。雖然每個人企及「好」的面向與角度終究還是有所不同，但如果能讓自己更好，想必也才能成為好演員。

回首望去，角色們分別陪著我做出許多人生上的抉擇，也陪伴我面對諸多際遇。翻開成為演員後用來整理角色功課的筆記本，首頁篇章仍是「成為好演員」，而原先乾涸的紙面上，如今窺見了諸多豐盈。一次跟朋友聊天，我下意識地說道：「一開始好像是我被表演選擇了，但在許多的岔路口，漸漸變成我選擇了表演，不知道未來會不會又感覺到，其實是表演選擇了我？」

心理學有一名詞為「聯覺」，常被稱作共感覺，描述神經在接受刺激時，由一種感官聯動另一種感官的感知能力，若以文字附註，就是「聽得見顏色」、「看得見聲音」。我喜歡的漫畫《神之雫》中，作者也常透過視覺甚至是其他感官體驗描述葡萄酒沾觸味蕾所帶來的感受。較為大眾熟知而稍顯模糊的《中華一番！》，也是以各種浮誇神情和幻景呈現美食在口中的肆意奔放而著名。為了成為角色，我接觸文字、繪畫、音樂、攝影，描繪了一簇路途，都由靈魂中那一瓣瓣角色綴成。我們一起完成的事，成為夏日爍光的螢火蟲，每個階段幫我打亮自身，那些一同流過的汗水，如溪流轉折處噴濺而出的水花，滴答聲響串成晶鑽後，又再次嵌進肌膚成了紋飾。如果說影像是第八藝術，能將前七藝術都容納的平臺，那當自己能夠把各式人類文明用來精煉生活的方式理解，或許也能真的打通所有感官，成為一個更好的人、更好的演員。於是身為演員，最希望達成的目標漸漸在心中成形：保持敞亮，打通自己的所有感官。

想起過去學建築的時候，老師總說要將理性與感性結合，才能有好的建築產生，當時似懂非懂，如今也有了自己的解答。如同兒時閱讀的偉人傳記，最常翻閱的《達文西》所描述的「文藝復興」時期：當時藝術與科學交相進展，感性與理性達到適當的平衡。達文西、米開朗基羅，在古典文獻的基礎之下，精細卻不失韻味地對世界與人類進行許多探索，因此於各個範疇創造出了變革。文藝復興在義大利語中，有著「重新出生」的意味，詞彙的意境具有某種浪漫情懷，有種回歸自我的感覺，人本的思想並非後退，而是往著自己更為熟悉的地方前進，希望能夠有嶄新的蛻變。

負責處理訊息的大腦，每個區塊都有對應的功能。於是依循了一個假想：或許世界的「真理」就將如同一顆鑽石的正中央，不同的切面代表著不同的面向，也可以說是不同的神經元或是感官，如果自己都充分開發，將能越來越接近核心。而感官所受到的刺激，又會由感性和理性去轉譯和再詮釋。如果聯覺代表把不同的感官打通，那或許也提示我們不該讓本作為形塑端點的名詞：「理性」、「感性」，成為桎梏自己前進的枷鎖。在冷靜分析事物時，也能因為情緒激動而善感流淚；當充分經歷當下、感受當下時，也能平穩地將自己的狀態一一記錄下來。演員就好比將自身作為尺規，一端作為支點，另一端能企及之處則成就角色。不需先安上刻度，有時我們若距離想要成為的角色太遠，便會特別學習新的知識、技能，想辦法畫出通過兩點的直線。同時，這也就能使我們的中軸更長、更茁壯，能碰觸到以往無法抵達的範圍，直至無限寬廣。

於是當我不再使盡力氣掙脫時，身軀如墨，滴入原先紙張騰上「成為好演員」的一湖死水，在其中漸漸暈散，深潛才開始感受自由。不求蕩漾，求的是底下的湧動，於是原先的封閉，不過是為了將自己作為陳酒釀造，點滴皆為思想，豐潤滋養，而非去貪圖鮮榨的汁液。透過攝影、寫作、繪畫、語言、肢體，雖然無論再怎麼認真的對待每個角色，體悟都無法真的如同那些一生懸命的職人們來得深刻，但努力追尋全才能達到的觸類旁通，一個個帶有瑕疵但更顯美麗的同心圓，或許對我而言，漣漪之下才是成為演員最能細細品味的地方吧。

與相處容易的父親共處

曾在臺大新生入學時，有幸當著所有新生的面演講。開頭便說自己其實不喜歡這所大學，當時自以為的狂狷之氣，現在想來卻是自大與自滿。其中唯一不斷掛念在心中的內容，引用了一段父親跟我說過的話：「成為一個有出息的人，對長輩有安慰，對晚輩有啟發的人。」

小時候總覺得父親的字很漂亮，字跡細長，稜角處帶著彰顯，整體工整，傳達出嚴謹與韌性。不知道為何，童年的我無論如何嚮往，總臨摹不來父親的筆跡。父親在我小學時候，飛往上海工作，當時大陸經濟起飛，父親大部分同事也選擇西進。記得一開始是每個月回家一趟，慢慢的，變成三節才回家一趟，有時甚至半年多才能見上面。於是對於父親的記憶除了幼年時期，大多呈現切面，時而疏遠，時而親暱，不常刻下生活痕跡。相處時刻都在習慣彼此，「父親」一詞，似乎往往都只能從「母親」出發。

直到三年前，父親原先任職的公司人事有所更動，在與母親討論過後，他決定先回臺灣休息一陣。之後因緣際會下又被朋友請去幫忙，藉此慢慢重新融入臺灣的生活，交通系統、線上購物、食物風味，最重要的是，和我們再次參養一家四口生活中的各種瑣碎時光。父親回到臺北第二年，母親確認罹患肺腺癌，一旁的父親決定辭去工作照料她：接送她上下班，幫她照料家中雜務。半百的夫妻倆儘管有著大塊留白，仍攜手擺渡彼此生命的艱難。哥哥也在父親回來的這段時間，結了婚，有了小孩。總覺得許多巧合都是安排，長期漂泊在外的父親，就順著這般安排，終於落了地，生了根。

父親在大陸工作時，常透過電子信件和我進行日常溝通，現在有時還是會回頭翻翻信箱，信件串連起許多經歷選擇的過去，抵達了現在。剛升高中時，原先只愛打電動的我意外喜歡上街舞，走出房門，從宅男變成了陽光宅男。遵循著社團大部分學長們的軌跡，舞藝精進，學習嘻哈文化的同時，也荒廢了學業，成績落於班上中後段。母親出於擔心聯繫遠方的父親，於是父親發了信件如此表達：「跳街舞只是興趣，課業才是根本。」一向聽從父親指令的我，正值多愁善感

好汉
HAOHA

的十六、七歲，得知正熱愛的事物被否決後，青春躁動的因子開始鼓吹著反抗。「興趣不代表不能成為根本，而喜歡跳舞也不只是興趣。」回覆完信件後，我選擇更專注地跳舞，希望能跳出成績證明自己。每天主要心力都花在練舞、學舞，透過網路參考許多舞者的舞步，每當有傳奇舞者到臺灣開課，也會跟朋友相約報名學習。學校禮堂的地下室鏡牆前，汗水蒸發導致空間內煙霧瀰漫，身體肌肉微微痠痛，感受著自己的血肉發熱，重複練習著各種基本動作和排舞舞步。

大概也就高三的前半年，因為學校制度安排，街舞的練習才稍微緩下。而同學們筆記的支援，以及當時朋友的苦讀邀約，則幫助我幸運地在學測上了理想的大學。於是高三下學期又開始繼續將心力投注在街舞，終於在大學第一年，不僅組了舞團得了獎，也幸運選上舞蹈工作室的成果發表會，更成為當中串場的主角。成果發表會的那天，鼓起勇氣邀約正巧回臺灣休息的父親，藉此向他證明自己的有所成。「升上大學了，不要跟高中時一樣，該好好收心準備未來成為一個『師』字輩的職業。」父親在送我去表演的路上跟我講了這段話。雖然當天家人們都來觀看演出，但表演當下，有一部分的我，始終都以懷疑的眼光看著臺上舞動的自己。「跳舞並不能長久，只是興趣而已。」內心迴盪著父親的話語。

「我現在每天都培養自己看《商業周刊》、訂閱 RSS Feeds 關注科技新聞、固定看《TED Talk》學習新知，希望藉此打磨自己的不足。」回首望去，信件們大多是努力地想證明自己，透過許多事情爭取父親的認同，多了磨礪，卻也漸漸烙上父親的思維印記。除去信件往來，若能相見，每次觸碰也都是撞擊。共處一室的時光，大多是聽父親講述工作、人生道理，他總希望能在這短少稀薄的時間裡，傳遞他經年累月的價值觀和經驗。說是怕我們走彎路而傳遞的真理，「為何他所說的就一定是真理？」年少的我和哥哥百無聊賴地坐在位置上，心緒常飄得老遠。「要找到一個好的平臺去做商業化」、「要在交涉中與對方過招，就必須轉換自己的思維模式」、「當面對回扣問題，就要辨別人性的黑暗面」。父親急切地想要填補父與子的距離，但以工作來添補生活的方式，怎麼感受也都是生澀。

曾經很喜歡玩一款叫作「螃蟹接番茄」的手遊，遊戲是透過左右移動接住從天而降的番茄。當時智慧型手機仍未問世，總愛借父親手機來玩，小小一臺銀色PHS，墨綠色的電子螢幕，以像素在手機首頁一格一格地寫著：謙受益滿招損。好奇那句話的意思，於是問了父親。父親說那是算命老師跟他說過的一句

話，提醒自己要謙虛，不要易於驕傲，不能因自滿而膨脹臃腫，得輕巧的像是用鉗子接住番茄的螃蟹，在螢幕最下端維持輕盈而低調的姿態，才不會錯失從天而降的機會。

父親名為「相易」，做自我介紹時總會說著：「相易，相處很容易。」與父親一同生活，慢慢明白相處容易，卻不代表容易相處。生活中許多時刻，一切彷彿平靜，但我們其實都感受得到他有許多不滿與挫折，等到真的受不了的那一刻，便突如其來地宣洩。「你得體諒你爸爸，他心中有許多傷口，不僅是原生家庭形塑的個性，也會為了我們家中經濟狀況，孤身一人在外打拚十多年，是需要溫柔對待的人。」母親會這樣跟我解釋父親總悶著自己情緒的緣由。

「小田，你會想要改姓蕭嗎？」升國中之際，從母親口中得知，父親與伯父、姑姑們是同母異父的兄弟姐妹，而父親本應姓「蕭」。當時一陣恍惚，彷彿有一小處柔嫩部分被抽離：該怎麼面對認識的友人？該怎麼在考卷寫自己的名字？我是不是在騙人？而長大後，才意識到姓氏、家族與血緣之間在社會中的綑綁和說不清。父親的長輩們都默默希望他能改姓，讓蕭爺爺有個後代傳承，但奶奶卻希望他能跟著姓「石」。慢慢地，父親跟蕭姓親戚們漸行漸遠，而跟石姓親戚們又始終有個隔閡。有時候我會想，我和哥哥顯得不負責，跟著父姓，於是自然將「石」姓看作身體髮膚，隨著基因與身軀共存的符號。父親卻是從小便不知道該依循什麼道理，沒跟父親多聊過他的童年，但偶爾從他口裡聽到的故事，似乎都參雜著孤獨與渴望被認同。

大學剛畢業時，和父親兩人曾一個從臺北、一個從青島，一同飛到北京旅遊。逛了胡同巷子，也包了車去八達嶺爬長城，父親手機始終都存著一張照片，那是我在長城一直往前爬，想看前方景色的背影。「小田是個好奇又有熱情的小孩。」儘管豆點大，父親仍常常拿出照片與人分享。當完兵後，有一陣子去上海協助製作公司寫劇本，父親得知後本也想抽空從青島飛到上海陪我，把握難得能夠和兒子共處的時光。但因為時間怎麼都湊不上，於是就請在上海的朋友照顧我。到上海的第二天收到父親友人的訊息，給了我一個地址，說是父親希望他帶我去酒店見見世面。整個過程不是特別有趣，大概就是跟很多叔叔打招呼，自己坐在邊角聽他們聊工作、聊友情，友善地和身旁的女生學會喝酒不會醉的方法，然後默默地在包廂一隅想像父親綴合於空間的情景。事後父親提到這件事情不斷跟我說，為何在僅有的時光希望讓我去這樣的地方，就是希望我能看見人性，而他孤身一人，也時常經歷這荒誕。父親有時顯得自大，只因他習慣分析與判斷，總自私地以他的方式在進行對我的捏塑和教育。在相隔兩地的日子中，這是兩段與父親最清晰柔順的記憶，一次是他看著我，另一次是我看著他。

東方男性對於情感表達總有莫名的羞赧，說著這些話的父親，其實也需要呵護，易怒是來自善感，而發聲又是渴望認同。「我會提升，做一個更 Nice 的老爸」，這是信箱裡其中一封父親寄來的信件標題。想起許多時刻，父親總在喝醉時打電話給在另一地的我們，不斷地說著「我愛你們」。原來抿著嘴說不出口的，不過就是愛意和思念。想想，孤身背井離鄉十來年，不也是因著對我們的愛？缺席是愛，分別是愛，寂寞是愛。小說《博士熱愛的算式》中寫道：「內心空洞，不代表沒有東西，而是它存在了一個零。」家中留在位子上的零，原來也是種不可或缺，直至近日才又填上了。

母親離世後的日子裡，我和父親間的互動常處於一種微妙的頻率中。前段時間，家中後陽臺的燈泡壞了，與父親在這些日子慢慢積累了默契，兩人對望後並沒多說什麼。隔天下午父親帶著燈泡回家，收到訊息得知我收工時間延遲，便決定自行更換。怎料換上新燈泡後，燈依舊亮不了。等我回家後也嘗試了幾次，兩人在後陽臺，父親以手機燈光作為手電筒，我則爬上折疊型短梯，伸直了手，將燈泡轉入基座。木製格狀的天花板，原先是為了通風以及遮掩管線的功用，沒想到竟導致燈泡更換如此不易。嘗試多次後燈泡仍沒有亮起，兩人停下動作沉默一陣，父親嘆了口氣，與我一同斷定是線路問題，決議之後再找維修員來處理。

拍攝《日據時代的十種生存法則》時，讀了賴和先生的許多作品，其中有一則特別深刻。故事裡的兩個人，在黑暗之中相伴而行，只能呼喊著「前進」並以此為信仰地繼續走著。他們不知道前方是否有光亮，不知道行走的方向是否正確與筆直，能知道的只有流著汗的肌膚、緊張的面容、早已無力的雙腿、肩上的扛負。我總在想，如果父親一直都在身旁又將過著什麼樣的日子？母親會生病嗎？我會成為演員嗎？哥哥會有小孩嗎？其實都是選擇，有所失也有所得。

隔天，工作結束後，發現父親一個人成功地把燈泡裝好了。「原來是角度的問題，我稍微傾斜一下轉進去的角度，後來燈就亮了。」兩人站在後陽臺看著那

顆發光的燈泡，我聽著他解釋怎麼克服線路接觸的困難，原本生活因為距離帶來許多美感和想像，如今打亮近看卻有諸多破裂與斑駁。在生命殘存的那一隅，扶持著彼此於是慢慢明白，這些與美共生的醜，才是生活中的親近與狎暱。

遊晃踅逛

但願我能成為自己生命的主角。

生命的各個階段，常難劃分清楚。當我以演員之名開始宣傳作品時，其實還未決定出道。一面對外稱呼自己為演員，一面也正踟躕於自己的選擇。當時是電影《五月一号》的宣傳行程，那是我人生中第一個表演作品。由於只差幾個禮拜就退伍，榮譽假也積累到能一路休息到退伍的那一天，宣傳團隊便規劃了許多書店講座的行程。

沒有太多跟大眾對話的經驗，口中說出的話總會稍顯答非所問。後來想想，或許也是因為書店講座的性質，才能夠接受這種無法作為新聞標題或是沒有經過雕飾潤澤的質樸回應。《五月一号》講述的是十七歲，青春的交錯而過，某種介於男孩與男人間的懵懂，略帶朦朧的赤子之心。

講座上有名觀眾提了一個令人印象深刻的問題，想了解對於我們演員而言，十七歲是什麼。「有一種水藍色的感覺吧。」我直覺性地回答，「或許是混濁，或許是清澈，但總而言之，似乎都是一種水藍色的感覺。」十七歲的我不愛待在教室裡，在師大附中開放自由的風氣下，總是會找各種理由在校園漫遊，有時是上課時間，穿梭各個校園區塊，師長們的音箱聲音在迴廊交蕩迴響，而我必須足夠靈巧，才能將身軀遁入波紋間薄薄的縫隙；有時是午休時間，整座學校的呼息緩慢而延滯，眾人皆醉我獨醒，輕快的步伐隨著穿堂流經的風遊晃。似乎就是從那時開始，便時常沉浸於自己與環境間的格格不入。

東樓的保健中心，我三不五時就會過去串門子，通常是找裡面的阿姨閒聊和洗眼睛。洗眼睛的工具是一個像是漏斗的塑膠工具，一端框住眼周，另一端將食鹽水倒入，水流順著器皿的通道流下，在眼睛上方慢慢漩出了池水，眼珠則在食鹽水的浸泡上下轉動洗淨雜質。那是我在一次眼睛不舒服時發現的治療方式，沒想到試過一次之後便上癮，並非時常眼睛不適，只是感覺這樣的洗滌也讓時間過得更舒暢，彷彿現在許多人講的「儀式感」，為了遊晃而做的行前準備與定期保養。

西樓安置了許多校園歷史的軌跡，時常和朋友坐在西樓的窗框或是臺階上，什麼話也不用說，默默地將自己融進時間裡。二樓有著一個廢棄廁所和許多窗的長廊，一側接著高一的南樓，另一側則是連結高三所在新北樓的天空步道。每當晃到二樓的走道，常能見到情侶們幽會，有趣的是，他們總會挑占一扇窗，或坐或站，用光影隔絕出自己的空間。從我們稱為小綠地的活動中心出口看去，石頭樓梯的中段有一大片窗，晦暗的西樓被潤養般神聖許多。

南樓是高一的學生樓，脫離禁錮自己的地方後也不愛過去，大多時候回去，若不是社課時間位於南川的場地因素，都會轉向通往地下室的梯間，那裡賣有小吃和飲料，「大碗羊乾，幫我把水瀝乾一些。」羊肉乾麵總是熱門，而因為學生眾多，時常會有麵水混入乾麵裡，每當我提出這個要求，麵店阿姨便會不厭其煩地多看我一眼。

從高一就很愛偷偷摸摸在新北樓各個角落放空，或許因為屬於高三的地盤，也或許是因為鄰近操場。天氣好的時候，每次站在操場上，都覺得格外遼闊，附中生總說自己是藍天之子，擁有大安區信義路上最大的一片藍天，無比自由，說完後一部分人會偷偷的從後門的旋轉鐵柵門溜走。或許是因為這樣吧，加上年輕時總不嫌煩的汗水，望向十七歲的目光總會透過一層水藍色的色片，些許晦暗，但總能透澈。

成為演員後，慢慢習慣與媒體訪問，過程中常會被問到有沒有什麼挫折？我內心總想，演員似乎時時都在面對挫折。沒有試鏡上角色會有被否定的挫折；即使試鏡上，也面臨過開拍前因資方因素被換角；也面臨過在拍戲現場被痛罵三字經。拍戲過程中，每一次NG，都能算是挫折，甚至就算這一條過了，事後看完剪接，又會覺得再來一次必定能夠更好的挫折。

過程中也慢慢明白，許多時候並不是個人的問題，也許是環境，也許是不相干的事發生，也許是製作團隊上某個環節沒達成共識，也許是對手演員。這些挫折只會不斷發生，所以只能好好調整自己狀態，隨時準備，繼續保持著新鮮感面對下一個take。時常說做演員要堅持，而究竟何謂堅持？或許只是習慣於被否定，習慣於消化挫折。

前段時間設立了一個電子信箱，專門提供支持我的人，一個與我溝通的管道。雖說溝通，但大多聆聽而不回覆，作為鏡子時時從信中內容檢視自己。說起來也不是自戀愛漂亮，只是想透過不會覺察的眼光，去確認某些看不見的地方。每次髮廊梳化時，髮型師總也會拿起另一個鏡子讓我透過反射看見自己的後腦勺。每天早上若沒工作就會檢閱，每一封都蘊藏光亮：有些給了我很多正向建議，有些則分享了許多的日常，更有些傾訴悲傷。信件們透過我串聯成一個思想，一直在想，能夠被這樣信任，聽到這麼多呢喃，是否顯得貪婪？但演員似乎就是個貪婪的職業，恣意地感受，恣意地再現生命。大多數信件裡的悲傷，都基因於「不可及」，夢想的追求、日常的穩定、同儕的認可、父母的期待。我時常覺得活著就是在追求一種補全，儘管補全的過程中常伴隨缺憾，容易感到孤獨的我，發現身邊也有其他人過著生命，也漸漸不會孤單了。

學生時認識到一個漢字「踅」，是老師與老殘★一同教會我的，一直到現在

★老殘：清代劉鶚《老殘遊記》中的人物。姓鐵，名英，號補殘。因受人器重，故被稱為「老殘」。以行走江湖，替人治病為業。為作者劉鶚本人的化身。

面對挫折的排毒方式都是遊晃。高中時在校園晃了晃，大學時是騎著腳踏車在金山麗水一帶晃了晃，而剛接觸表演，拍攝《五月一号》時，有許多個晚上也都是在飯店附近的街道晃了晃。能揮霍時間的時候，是最能感到富有的時候，僅有的東西也是最珍貴的東西。

學生期間尤其擁有大量的時間，一年不會看作一年，而是上下兩個學期，是重複的十二個月，是五十二個禮拜，是三百六十五天。或許再倒數幾天後就會成年，結束與開始都在一瞬間，踏出腳步前往未知也不過是那一瞬間。周圍的空氣都是被充滿的，恰恰能因為某個存在，或許是自己，或許是個物件，戳破了一個小縫，所有的氣流都會朝那個方向湧去，所有的視線也朝那裡聚攏。

Punctum，刺點，咖啡廳裡總會有著羅蘭．巴特，於是在遊晃中也學會了字詞。十七歲的確也屬於一個刺點，那時總會私自跑去美術教室睡午覺，碰著運氣轉動新北大樓角落側兩間美術教室的門把。若能碰上沒被鎖上的門，便會將天花板掛著的四扇大電扇開著，躺在教室內的八人大桌，目光隨著午後微風吹晃了的窗簾錯落。窗外的藍天顯得軟綿綿，薄雲絲縷，輕盈地在草地上晃悠，思緒飄動了起來，迎面而來的微風和著機械喀噠的竊語，雙手輕巧地轉動時光的齒輪，忽而遠，忽而近，拿捏著去留。光影透著窗紗勾勒時節，而那些日子都像秋天，搖搖欲墜的樹葉在枝頭上顫動，終究會被行經的風給摘下，繞著一個地方，打了許多個旋，煩惱在停下後似乎又歸於日常了。總是這樣，比起記憶一些單一的細節，更常記得的是整幅畫面或是氛圍。或許對細節會描述錯誤，但這樣的錯誤拉遠去看，卻比事實更加地正確。

「哇！所以要開始斜槓人生囉。」許多朋友聽到我要出書，前陣子又看我做了Podcast，這樣跟我說道。但比起「斜槓」劃出一道開口的壁壘分明，我似乎更傾向於「踅逛」，別那麼輕易想要立足在某個點上，或許踅逛的迷人之處就是在成為刺點，儘管沒有實際改變些什麼，但周遭將因為自身的移動而產生流動，該忘卻的與該記得的也會在眼中顯得更為清晰。是啊，無論好的壞的，若能看到刺點，便會不自覺地踅了過去。

迷宮中的阿達力★

那天，在重慶山區工作，場與場之間的空檔，和這幾天都一起相處的司機聊起天來。司機是東北人，身材魁梧，眼睛卻像隻小鹿，說起話來很真誠，「看來要等更久了，等等又得下雨了。」聊到一半，司機將頭往車窗一探跟我這樣說。我很訝異地問他，怎麼能這麼熟悉山區的氣候變化，他笑說，從小就在山區長大，所以生活久了，也就大概能判斷天氣的變化，「倒跟拍片挺像，看到有雲雨來就稍加迴避，等這陣過去後再出來繼續玩。」

想想也確實如此，拍片常常也是為了等某片雲或是某陣風，有時是為了讓它們過去，有時則是希望它們能來臨。曾聽過一名導演聊到，原本劇本上是得出個

★阿達力為日文「當たり」的發音，原為棒球術語，指「命中紅心」之意，後來衍生泛指運氣的意思。

大太陽的早晨，拍攝當下卻下起滂沱大雨，在預算壓力下硬著頭皮拍完後，卻才發現，因為天氣變化而應變來的即興創作，在剪接後卻變成直指核心的一場戲。換個角度說，拍戲就是靠天賞飯吃的工作，如何對抗命運以及如何謙卑順應，這也確實是拍片迷人的地方。或許呈現的一切都是假的，但我們總是用非常認真的狀態在執行著，在人為規則內創造天然的事物，渴望企及真實且虛幻的世界。

開始演戲後，如果可以，總會在電影播畢後留在位置上看著工作人員的名單輪轉。甚至在觀看電影時，特別注意那些不連戲或是現場調度的小巧思，總會有意識地在那些跌宕起伏的劇情裡，找到被藏得細碎的寒暄。大多數人都只會見到鏡頭前的演員，但其實影像需要許多人的共同付出才能有所成就，一部案子是由許多人員組成：為了畫面的美好，燈光組與攝影組需要花費許多力氣營造；為了角色更立體，編劇組、造型組得彼此相得益彰；為了能好好地闡述鏡頭語言，導演組得努力協調並做出精準的妥協；而為了讓所有組別都能好好運轉，製片組又得務實地將那些夢境落實；演員管理組、宣發組，所有人都是為了造夢而聚在一起。最後，造好了夢境後，能不能吸引到觀眾一起做夢，每部影像也都將有著自己的運命。

大學最後兩年，因為家教收入太少，自學影像剪輯，透過大學教授的幫助，接了一些簡單的剪輯案。一開始沒有自己的電腦，總會騎著摩托車到研究所的視覺化中心，那裡有許多高規電腦供學生使用，趁著晚上沒有其他學生時，我可以自由地使用設備。直到後來案量逐漸穩定，將部分收入拿來升級設備後，才不再有這樣的深夜往返。記得有一次卡在剪接案裡，無論怎麼修剪都沒辦法達到心中還朦朧的理想狀態。正陷入剪接泥淖中的我，接到朋友打來的電話，說是想約我去師大路上一家隱密的小居酒屋聊天，介紹我兩位新認識的朋友，「他們是一對年輕的情侶，自由記者與電影導演。」那天晚上擱下工作的我，吃了飯，喝了酒後，一開始生硬的不安漸漸抽離而去，除去制式化交流後，在座眾人慢慢地產生貌離神合的理解。

我聊到了前段時間在歷史書上看到一小段關於冰川紀的紀錄，提到人類是如何艱辛地與寒冷、飢餓搏鬥，日以繼夜地在各式各樣的困境中，強迫自己發明出種種工具和新的生活方式。穴居、獵食、製作皮草、生火，就這樣幾千年的冰川紀，倖存的就是那些聰明的、肯動手的人。於是，回頭看去，威脅整個人類的冰

川紀，卻變成偉大的導師，迫使人類的成長。

「可能所謂的求生，並不是抗拒死亡，而是接受無法想像的事情，再將它變成能具象的樣貌吧。」耳熱酒酣的我將每段時間的所思所想，對著自己反饋而出。喝茫的朋友大聲回應我，因為不怕痛，所以才能不畏懼死亡，說完後乾掉了手上的酒又突然陷入沉靜。「應該是所謂的『直視』吧！」情侶的其中一人用被酒精拉得極為緩慢的語速說道，他們曾一同到戰地，拍下許多深刻的影像。「那段時間，曾看過一幅特別迷人的相片，構圖很漂亮，下方有個很大的圓坑，而斜上方崎嶇的海岸線則和這異常完整的圓坑相映襯，」他一邊說著，我一邊在腦海描繪景象，「我一直盯著那幅相片看，看久了才發現，原來畫面底下的圓坑是飛彈炸出的坑洞，而裡頭泛著灰白的微粒其實是一些死者的殘骸。」

那次聊天後，我常常看著一些畫面，一邊搜索容易被忽略的細節，一邊思考著攝影者是用什麼樣的心態按下快門？於是看著看著，裡頭壓抑著的情感也會漸漸鬆動，流淌而出。是啊，目光才能賦予事物意義，面對他者如此，面對自身亦然。疫情嚴峻時許多工作停擺，個性迂迴的我因緣際會下和朋友合作一檔疫情限定的 Podcast 節目，不同於自己會訂閱的知識型節目，大多分享目前為止的人生經驗和價值觀。一開始擔憂不夠深究的內容不適合播出，深怕產出沒有意義且空泛的內容，也害怕計畫目的性不夠強烈。

「你會不會想太多？」一起做 Podcast 的夥伴，是個與我很不一樣的人，在過程中我時常聽到這樣的回應。於是慢慢了解，一直欠缺的，似乎是種站在外頭看向自己的直白，不是說不懂得與人溝通，而是太常把意識浸泡在心內的甕裡，一不留神就恍惚地把社會與我之間的臍帶給糾纏成團。不拘束自己的視線後，才能更好地去看待物事，發現原先的困惑早就獲得解答——既然錄得開心，聽眾也陸續回應許多有趣反饋，本就是針對疫情的留白，那不妨也作為無論是自己，甚而是聽眾的創作療程。

以前讀過一則故事，公主因同情被國王討厭的勇士，於是決定幫助那名勇士通過國王所設立的迷宮，而勇士在過程中，漸漸地愛上替自己指引路途的公主，而遲遲不肯離開迷宮。得意的國王，看著勇士困在迷宮裡，卻不知道勇士早已接受了死亡的悲劇，明白自己只能以這樣的方式與深愛的公主相伴。於是，最終勇士沒有離開那座複雜的迷宮，死在迷宮裡。故事的結尾，垂死的勇士望著走進迷宮找他的公主，撫去她臉頰滑落的淚滴說道：「從未想過，妳的出現使得困在迷宮的我，感受到這輩子最美好的時刻。」

故事總有著許多種敘述角度，同樣的情節，有些講述會使國王很討厭、公主很怪、勇士很可憐；另些講述會使公主很討厭、勇士很怪、公主很可憐。而在腦海裡的故事總記得零散，敘述的方向和情感，經常端看自己想到這故事時，心裡正希冀些什麼，情節便會往特定的角度傾倒而去。若是足夠幸運，總能在那個方向與潛意識裡不期而遇的嚮往扣合起來。

剛成為演員時，總渴望被看見，認為自己很努力，應該也有天分，只要踏踏實實地把戲演好，一定很快就能得到認可。隨著時間過去，雖然固定有作品產出，但一直也沒能爆炸性地被認可，於是也慢慢認知到自己不是天才，並不是每次工作都能挖掘出自己從未見過的樣貌，也並不是每一名觀眾都能自然投射到你詮釋的角色。甚至曾經享受並認同的表演，最終也不會如所願地呈現在眾人眼裡。因此也不時反覆質疑自己，究竟是不是真的喜歡演戲？究竟是不是真的想成為演員？而演員到底又帶給我什麼？一開始的自信變得零散，即使不停地將剝落的色塊拾回重新補貼，卻也耐不住自身的溫濕變化。

幸運的是，隨著作品逐漸增多，慢慢有了粉絲。「當作品越來越多人看到，開始有人會在路上看到我時，很開心地衝過來找我合照，而他們的開心也常常讓我很開心。」有一次朋友邀請參加音樂會，她在表演歌曲前說了這麼一段話，讓每次看到過來分享快樂的粉絲而羞赧的我，也開始學習她的態度，好好回應這些陪伴與打氣。

「其實接客人這件事情，不管是攔車或是叫車，很看一種阿達力。」坐車前往劇組集合地點的途中，計程車司機跟我這樣聊到，「有時候遇到客人要我走較快的路線，又要我不要繞遠路，我就會很困惑。因為常常能很快速抵達的，卻不一定是最近的路線。有時就是得擇一啊！你總不能什麼都要！」司機說他很喜歡的一位客人是一名酒店小姐，每次清晨下班後，都會指定走同一條比較長的路程回到三峽。「她就很明確知道自己要什麼，那條路程比較長車費比較貴，但是卻可以最快到家。」

如果說人生就像闖迷宮，生活似乎需要許多這樣的阿達力，拍片等待的阿達力，徬徨時刻的阿達力，被人注意甚至喜愛的阿達力，意外從他人話語獲得救贖的阿達力，在對的時機點，將對的力道，擊中紅心而感到踏實的阿達力。闖過一層迷宮過後，國王仍會安排另一層，而我們每一次都會從公主那得到機會，每個機會中也都有著學習。也許直至最後，我們都是走不出迷宮的；但走著走著，原先設想終點的那個救贖，最後也會自然出現在身旁。

在拍攝《第二名的逆襲》時，因為最後一場戲有太多需要執行到位的細節，演出當天我一直無法好好平靜自己的情緒。「如果是石知田，應該也會有很多話想說吧。」記得導演那時突然跟我這樣說，我聽到之後便跟導演說了聲謝謝，也終於找到應有的寧靜。角色是想說些什麼的，但他也不知道該怎麼說，而我自己則是知道該講些什麼，卻反而不想多說。或許這也是成為演員一個迷人的地方，當我不再把自己放大，能夠幫助角色說出一些話，或許也才能不再凌駕於角色之上，或許也才能從角色身上學會許多道理。

「我很高興我喜歡上表演，也很感激自己能成為演員。」現在，對我而言，演戲似乎沒有那麼多執著了。並不是因為不愛表演，不愛拍片，反而是越來越喜愛了，很多時刻不再渴望自己被看見，而是渴望拍片的大家一起被看見，因為知道只有當大家都被看到的時候，自己也才能浮現而出。漸漸明白，成為演員像是面對內在壅塞的一帖良藥，祛除了自身許多折騰自己與他人的疾患。雖然仍是時常困在自己打造的迷宮裡，週遭的空氣像是泥淖沾覆身軀，但若能時時平靜心緒，將自己當作初來乍到，專注聆聽身畔的聲音，便能捕捉到諸多偶然中的必然。比起往身上塗抹顏色，更像是捕捉光譜，若能將許多不同頻率的色光編織在一起，或許原先看似汙漬的色斑，才會成為無限透明的白，成就許多晦澀時刻的阿達力，或許很多時候迷宮的層層堆疊，並不是為了讓人走出去，而是為了讓人在艱困中感到存在而存在。

三帶四，搖晃著前進

一次的工作現場，朋友幫我做簡單版的九型人格分析。之所以說是簡單版，主要是標準的分析必須完成近百道題目後才可進行人格推論，而我們為了節省時間，便改以「六歲前對原生家庭的記憶」去判斷。「三號人格代表的是成就，而四號人格則是理想。」朋友判定我是三帶四的人格。「這兩個同時存在時總會讓你感到矛盾，因為你一邊是追求心靈的自我實現，而另一邊又是希望物質上的被認同。而說是帶四，大多時刻其實三帶四的人格，主要又是由四所主導。」

跟朋友聊完後也上網做些粗糙的功課，雖然簡短的文字訊息顯得偏頗，但大體上，三號人格的世界觀是重視名利、渴望成功的地位尋求者，而四號人格則是敏感、不了解人情世故，過於浪漫而沉浸在自己的世界。「原生家庭中，與母親最為親近，自幼便常被誇讚，積累出渴望他人認同的追求。而在六歲以前的記憶中，父母並非總是融洽，大多印象深刻的畫面都泛著爭吵，於是豢養出敏感而需要心靈富足的渴望以及被理解。」朋友在耳畔低聲的囁嚅，慢慢疊合上網路文章的阡陌縱橫，在心裡揚起波濤。

似乎是大學開始的習慣，大概每年都會撥出一些預算，以自我投資的心態去接觸神祕力量，通俗一點的說法是算命，而我自己心中的理解是——歡迎宇宙間各種訊息進入。接觸過的每位老師風格都不一樣，有些會讓你知道他的系統擁有明確依據，於是有邏輯地替你分析；而另一些則是不會解釋太多，過程中你會提著警戒帶著懷疑。無論所求為何，最終都會在某些時刻，儘管問題與答案常是不相對應，總會有那麼一兩句話讓你豁然開朗。

姑且不論準確與否，如同星座、人類圖等等，每一種系統都有闡釋自身的方式，而每一個人也擁有覺察系統的獨特角度。之所以喜歡讓他人分析，不外乎是希望聽到那些不存在於我腦袋中的思想，藉此拓寬視野帶來關於生命的靈光，透過不同的養分堆疊心裡的廟宇。不變的是，每次都得不斷地提醒自己，可以信，但千萬不能迷，再怎麼深信不疑，也該對著自身；迷上了，只會被他人的系統吞噬，走不回自己的路。

多數人談論到生命，常以走路概括，一個屬於人類的移動方式。自呱呱落地後便是學著前行，爬行進而學步，皆是朝著未可知的彼端前進。有的人走得快，有的人走得慢，有的人看似前進實則原地踏步，有的人走遠後又還是回了頭。走路的方式取決於心態，而觀者與行者望見的風景也有所不同，自信地走在筆直的路，他人看來則是迂迴晃蕩；不斷停歇，在各個當口都迷惘困頓時，他人望去卻是條康莊大道。

關於遠方的未可知，目前最信服的說法是「成為自己」，每當懷抱這樣的念頭專注前行，又不禁佇足念想，「自己」又會是什麼？即使獨行，也是得經過眾人的攙扶、推擠。「走路的軌跡是一道線。感謝那些曾在生命中與我相交的存在，無論現在疊合還是錯過。也感謝未來即將相遇的，甚至是感謝始終平行歪斜，沒有任何接觸的存在，生命似乎是被這樣的相生共存豢養，進而完整的。」走去健身房的路上，儘管後方車輛短促地按著喇叭，一輛轉彎車輛停下，堅持路人先行。過斑馬線時在腦中刻下這段話。

常被問到，如果可以穿越時空，最想回到什麼時候？想改變什麼事情？想到未來看看自己的樣貌嗎？其實生活當下，時常覺得，我也是穿越了這麼多年，如今才抵達這裡，現在的我究竟又想說些什麼呢？總覺得當人生走到了某個階段，回頭看去，卻不能定義自己，難過的不該是失去，而是未曾擁有。這樣說來，若想離開某個特定時刻，是代表著難過嗎？

說起來，總覺得自己在人生上的進度走得緩慢，並非早慧的人。到了國中，才意識到原來同學們的外語能力都十分出色，學校甚至有資優班這種存在；到了高中，才開始跳舞，才瞭解到嘻哈文化；到了大學，才偷偷用電腦下載模擬器，玩著國小時許多朋友都在討論的神奇寶貝；當完兵後，才選擇當演員的志向；開始演戲後，是接到了拍攝樂團的片，才開始了解樂器的有趣。諸如此類的緩慢，不時地在我的日常中輪番上演，雖然常聽大家誇讚我反應快，但老實說總覺得「自己」這個人拉遠看，怎麼都算後知後覺的人。

後知後覺的習慣，或許與害怕人群有關。就像許多時候與其去電影院看新電影，反而會選擇窩在家裡透過串流平臺看一些多年前的創作，「沒看過、沒接觸

過的東西都是新的。」心裡總希望能在生活中隨時找到獨處的空間。所以，如果可以穿越時空，就回到最一開始吧，還與母親共存的一開始，最純淨而不吵雜的地方。「唯有再見才是人生。」書裡頭總是這麼說，從那裡再次邁開步伐，應該也能把所有事情都改變，與其精雕細琢出看似完美無闕漏的人生，不如真的重頭來過。

母親留下的飾品中，有兩串珍珠項鍊，正好前些日子又流行起來，於是就拿來做為一些工作場合的穿搭。好奇地問過創立飾品品牌的朋友關於珍珠的問題，朋友說現在的珍珠飾品分為兩種，一種是真的珍珠，一種是假的珍珠。真的珍珠是軟體動物的產物，主要是來自於為了傷口密合而分泌的物質，種類分很多種，要價從幾十萬到幾百萬都有，而假的珍珠就分為玻璃製與塑膠製，人造珍珠只要看起來不錯，在他看來也不會特別分好壞。比較有趣的是，他們自家品牌的珍珠串法是早期一種做珠寶的手法，叫作「軟串」，簡單講就是一顆珍珠穿過後打一個結，於是每顆珍珠與珍珠之間，都有著手工結。比起市面上一些一根線穿過所有珍珠的製作方式，軟串能夠讓整條珍珠項鍊線條感更為柔軟。

這樣想想，或許三帶四本身所蘊藏的糾結們，也不急著把它們一個一個梳理。就跟珍珠項鍊一樣，打著結也不是不好，那一個個節點，只是為了讓整個線條能更為平滑。重點不是解開每個結，而是要把這些結梳理得更平順些。就像生命總有窟窿，隨之搖晃著才感覺到前進，也才算是走在人間。我總相信萬物皆有靈性，也總認為在人類所不能企及之處，仍有具備智慧的能量體存在。寫著文字，便是與文字中的靈對話，這樣思考事情的時候，也變得謙卑許多，會明白許多時刻並不是真的「靠自己」才達成的。無論是身邊的人或是週遭的物，甚至只是那一縷陽光，散落在前方剛剛好的位置，才使你泛出剔透聲響，通向下一刻的自己。

無法切割成黑洞

前陣子家裡的花枯萎了，我和家人都覺得那個樣子特別美，於是就讓枯萎的花繼續擺在客廳的各處。比起將花束製成乾燥花或是購買永生花，似乎更喜歡看著它們佝僂著身軀緩緩順應地心引力，慢慢從含苞待放經歷盛開再進入凋零。「其實那些花並不是凋謝或是腐爛，」自學插花的家人曾一邊擺弄著枯萎的花卉，一邊對著我說，「只是它們的生命太成熟了。」似乎受到家人的影響，望著它們零碎的軀體掉落在地板上或是茶几上，總是會再多放個幾天，直到感覺時候對了（也許是外頭出太陽），我才會把它們失去柔韌的身軀拾起，放置在陽臺盆栽的土壤上，完整它們早已熟透了的生命。

一次日本自助旅遊期間，在京都認識一名新加坡籍的印度人，兩人都莫名地闖入當地家庭的新年搗麻糬活動，他是被 Airbnb 的房東介紹到這，而我是以為這個大庭院是公共場所而走進來拍照。都是被意外邀請的客人，年齡又相仿，覺得是緣分，吃著麻糬喝著綠茶的我們，順理成章地約好跨年晚會後一起去位於京都北部的伊根。那趟旅程兩人都沒做什麼準備，純粹靠著手機導航前往，行進時多以英語交談。他著迷於日本文化，甚至能拼湊一些日文與當地人溝通，路途上教了我許多日語單字，其中一個印象深刻的就是「物哀」（物の哀れ）。

當時他解釋的方式是要我安靜地凝視公車的景象：車子行走在鄉間，隨著道路起伏輕輕搖晃，夕陽的光線從車邊灑入，我們兩人坐在後座，前面的景象隨著行進，慢慢退後消逝，而前方的乘客們有些站靠著窗，有些正襟危坐，有些癱坐在位上。我看了許久，正想說些什麼，回過頭才發現他坐在我旁邊，正用紙與筆試著記錄這幅景象。後來認識了一位日本朋友，聽到我講述到「物哀」時，告訴我在他們的文化中，這是表達某種對人世無常的觸景生情，好比流逝的歲月、蕭條的冬日。有時就是這樣，一個名詞，將會承載不同的畫面，而不同的畫面卻又在內裡有著相通性。

回到臺北後，買了許多與「侘寂」（Wabi Sabi）有關的書籍，想要更熟悉這個關於接受不完美的日本美學思維。書上有則小故事，我一直記在心裡：弟子問師父何謂侘寂？師傅請弟子將門前樹木掉落的葉子清掃乾淨，待弟子掃乾淨後，師父走過去用手輕輕推了推那棵樹，頂上又飄下幾片樹葉掉落地面，「這就是侘寂。」師父帥氣地說道。簡而言，侘寂就是接受生命的複雜性，而因為接受了，於是崇尚簡單，崇尚不完美與無常的含蓄之美。

「知者不言，言者不知。」看著看著，突然覺得周遭的一切物理存在都顯得虛幻，具象的東西化為虛擬的概念。以意識拿捏無比鋒利的切割刀，將喜愛的料理變成了食材，食材又變成了分子，分子變為原子，而再繼續切下去，又能看見什麼呢？以前對於死亡的理解是「成為黑洞」，那會將思緒吸入的黑洞，折疊時間與空間，具有無可比擬的巨大牽引力，光線都將被吞噬的黑洞。如同電影中，腦袋被子彈射穿時，有著心電圖的尖銳穿刺聲，代表脈動的線條也驟然平靜，那種望久了就會被吸進去的黑洞。現在才明白，死亡就不過是把原先站立的地方切割許多次，突然就什麼都沒有了的狀態，黑洞還算是存在，死亡就是不存在。

死亡，在定義上是指生物存活的所有生物學功能終止，生命體失去了存在的生命徵象。國中的理化課，老師指出其實理化這門科目很人性，一直在學習的就

是「平衡」，無論是化學式的變化、質量守恆、熱能守恆、質能轉換，追求的都是當中的等號成立。死亡於個體而言，或許屬於不可逆的化學變化，而拉遠去看，若世界存在意識，許多安排似乎也不過是和諧地維護著動態平衡。看過一部關於新冠病毒的紀錄片，疫情時間人類退縮了很多生活空間，而大自然也因此變得更生意盎然許多，萬物都是在消長中達到平衡，而平衡點一直都是隨著時間慢慢變動，只是直到某一刻我們才能感受到罷了。

大阿姨過世時，隨著醫生唸述死亡宣告，似乎也有某種東西在周圍緩緩流動，微微刺鼻的氣味，那是我第一次如此貼近感受死亡。時間的流逝被死亡按下了暫停鍵，周圍的親戚都停下動作，安安靜靜地站立病床邊，生怕稍一碎動就會干擾了莊重。想起以前幼稚園下課後總是到大阿姨家等父母來接我，大阿姨常常在房間休息，母親總跟我說大阿姨工作很勞累。有一次捺不住好奇，我偷偷跑進阿姨房間，裡面窗簾拉得緊密，窗簾邊縫露出一點點的日光，而其餘的地方都黑漆漆的，只能聽見呼呼、呼呼的微弱氣息。

我安靜地站在母親左側，在死亡宣布前，每個人強忍著悲痛，輪流到阿姨耳邊說說話，那時候她還未被宣布死亡，於是不算是死亡狀態，仍能聽見我們說的話。才明白，人類生命常需要以儀式作為刻度，用來確立大家共識的刻度。每個人大多希望她放心、安心，希望她能夠放下病痛，脫離苦難，希望她之後在那邊都會好好的——儘管我們也不知道那邊是什麼地方，之後又是什麼時候。輪到我時，我跟她說了很多謝謝，尤其特別感謝她在生前常常說，如果我能去歐美留學深造，她一定會贊助我。然後也希望她能保佑吳家，讓吳家很團結，和我小時候感受的一樣。

自小對大阿姨的認知，就是個神祕的女強人，家族中最富有的人，常常在兄弟姊妹需要幫忙時出錢贊助。小時候我很喜歡去大阿姨的公司玩，櫃檯處能點可樂、奶茶、雪碧等等飲品，空間大得像是迷宮，有許多暗門和收納空間可以玩捉迷藏。記得有時會誤闖有客人的房間，也常被長輩警告不准在工作的地方玩耍，以免影響到公司的生意。每次在公司裡玩樂經過有客人的房間總會停下，偷偷地將目光往房門縫隙一探。昏暗的燈光勾勒服務小姐的身影，雙腳站在客人的身上，雙手掛在天花板的鐵架上面，腳底下的客人身軀顯得巨大厚實，而小姐們則十分輕盈地在上面踩踏。小時候一直不明白大阿姨的公司在做什麼，長大後才知道是一間大型的日式按摩會館。

母親平時不太愛跟我和哥哥講太多家族的事情，不希望影響到小孩，所以母親家裡的許多紛爭都是從親戚那邊輾轉聽來。這些紛爭隨著時間前行，雖然表面傷口結了痂，也慢慢弭平，但深處的裂痕卻始終都存在，反而因為表層封上而卡在內裡，難以抹滅，每隔一段時間總會感到刺痛。母親在大阿姨生病的期間，雞婆地選擇幫助兄弟姐妹處理問題，最終似乎鬧得不愉快。一次母親帶我去參與了大阿姨的做七，結束後表哥打了電話給母親，雖然開場稱謂依舊，但最後結尾也是在各種三字經招呼後留下一句「妳以後會不得好死」。

「其實人都是自私的，只是每個人自私的方式不一樣。」坐在副駕駛座的我心裡這樣想。回家的路上我和母親都很安靜，腦海畫面是小時候表哥總是照顧我，一群表兄弟很開心地玩樂，不知道母親腦海裡又是什麼畫面。後來，母親與大阿姨罹患同一種癌症，由於基因變異的序列相似，醫生套用差不多的節奏，變換著治療方式，最後我站在加護病房的病床旁，醫生在親戚家屬身邊，緩緩吐出了時間順序：先是年分，再來是月、日、時間，我注視著醫生一字一句，希望能聽到言語之外的訊息。

母親做七和出殯的時候，表哥也帶著家人前來，我依舊和他簡單打招呼，而他則微微點頭示意，空氣微微凝滯，耳畔響起轟鳴，那一刻我們似乎望向了同一扇窗外。我猜想當時他想必也懷抱著難以言述的憤怒與悲傷，於是才只好朝母親宣洩。出殯的那天，我在網路上發現黑洞也是會發出聲音的：在高真空的環境裡存在許多塵埃微粒，在萬有引力的作用之下，當足夠密集時，還是能成為介質傳遞音波的震動。而和想像中的高頻率不同，黑洞的耳語是極低頻率，比人耳能聽見的低音還低一百萬倍，遠離中央C音五十七個八度音的降B音。

朋友在聊天過程跟我聊到了「共享女友」的服務，只需要花兩三千塊，就能與要價三十多萬的日本製矽膠娃娃，在房裡滿足性事。「你知道嗎？它們的皮膚都是醫療級的矽膠，甚至在使用前會加熱，讓你感受到實際的體溫。」因為在咖啡廳，所以說得小聲，像是談論不可告人的機密一樣，「使用後還會用消毒水、清潔劑，甚至是紫外線消毒。」晚上睡覺時，我開始想著這個問題：「我在什麼樣的時刻會需要這樣的服務呢？」

與非人類的存在相戀，想必是它們存在著人類所沒有的特質吧。儘管無限逼近於真人，仍是有著遙不可及的空隙，有趣的是，愛上的可能就是那個空隙。「差別是在，人類皮膚大概分成表皮、真皮、下皮，上面有著毛孔，皮下有肌肉，肌肉裡面是骨頭。」我在床上眼睛看著漆黑的天花板，窗簾縫隙漏著街上的燈光，「矽膠娃娃應該主要就是矽膠的皮膚，不知道它裡面是什麼，如果是很便宜的那種，裡面應該是空氣吧，就像以前電影裡的充氣娃娃那樣。」

或許，愛上的原因，就是因為它們的外層就是全部了，很赤裸也很坦誠地把自己的所有展現在你面前。當你貼近它的時候，你只會將部分的自己，疊合上完整的它，享受著至高不會受傷的位置，又憐愛著它們的順服與毫無保留。是那種稍微戳個破口，就會消失的敏感存在，不像人類，也許生了病後的身體是一次分解，死亡宣告是再次分解、火化時是又一次分解、而入土埋葬又是再度分解，最後再由土壤裡的專職細菌分解。

看過一篇文章說到，演員最重要的就是「vulnerable」（易受傷的），有這樣的特質才會有迷人的魅力。或許矽膠娃娃裡頭也是有著許多填充物，但是相較於總用一層一層堅硬的殼，包裹著無限透明的靈魂的人類，矽膠娃娃更能讓你感受到「vulnerable」，也更能撫慰人心。

「我需要無限切割，而你或許只需要切割過一次。」如果我愛上它，我應該會在床上抱著它跟它說，「但我們再怎麼切割，都不會成為黑洞，因為那樣依然會存在，我們最終都只會變成不存在。」在夢裡，呼息將輕輕吻上它柔軟纖細的雪白肌膚，當我的「vulnerable」與它的「vulnerable」越來越接近而併合為漣漪時，似乎便能聽見來自宇宙胸腔的轟鳴，服貼在耳窩內壁，穩定存在三十億年的降B樂音。

後記

人在宜蘭，陽臺上的植物放置數盆，因為有充分的日晒和雨水，原先在臺北失去精力的植物們，到了這裡也變得生意盎然。兩天的好天氣，卻大多待在屋子裡，從小就喜歡放空的我，在米白色沙發上或坐或躺，門窗敞開，空氣隨著氣壓生出流動的風，窗紗被輕輕揚起，望著也能撫熨在臺北積累許久的焦躁。

關於寫書這件事情，第一個想到的是口水。那時候的圖書館在學校的三樓，低年級的我其實不應該常出現在那邊，記得有一次站在三樓的陽臺放空，頭上突然響了啪嗒一聲，好奇地側著頭用右手去摸聲響的位置，發現掌心黏上一窩濕潤。長大些再回想，才意識到應該是四樓或五樓的高年級生，不知道是不小心還是刻意，簡單地欺負了我一下。那時的我，剛從茫茫然中回神，卻只覺得挺幸運的，竟然不是鳥大便。

閱讀的習慣，便是從小學時候開始的。當時入學，每個學生都會拿到一本稱作「小書蟲」的紀錄本，上面會記錄你看了些什麼書。印象中有個積分的機制，類似以前的紙本健保卡，每看一本書就可以蓋一個章，而章滿了就能更新自己的「小書蟲」，隨著等級不同，也會有不一樣的顏色和稱呼。不知道為什麼，國小的同學們大多沒有什麼在比較「小書蟲」的等級，卻很常在比「健保卡換了幾次」、「今年又是累積到了第幾個英文數字」。或許是比起安安靜靜地坐在那閱讀，受過幾次傷、面臨過多少次脆弱後又再恢復健康，才是能接受他人景仰更直白的樣子吧。不過也許是為了導正這種生病競賽，後來健保卡也就改為晶片智能紀錄，遏止了使用者較量著「誰最會生病」的風潮。

一開始沒想過寫書，只是單純喜歡閱讀，喜歡從不同的書種裡，找到那朦朧泛著光的親切口吻。但閱讀久了，卻意識到漸漸失去了自己的聲音，深怕自己細小的聲量，不過只是服膺在他人巨大完滿又無比自由的思想之下。而多虧了社群平臺，雖然許多人總認為上面充斥膚淺、剽竊的文字，但也讓我對於書寫自己的聲音感到沒有壓力，畢竟大多人也只是看看圖片，也只有願意看的人才會想點開以粗體字顯示的「更多」。從配上照片的幾個字露出，慢慢地越寫越多，一邊督促自己需要提升精準和質量，一邊也開始不希望文字就這麼簡單被輕輕滑過。慢慢的，從畏懼發出聲音，開始嚮往能夠具象化自己的所思所想。

工作性質的關係，這本書寫作過程大多斷斷續續，只有少數篇章是一氣呵成。像是畫畫一樣，每一段文字底下，其實疊壓著許多曾寫過的文字，透過多次的刪減修改，層層堆疊著許多創作過程留下的痕跡，算下來，實際寫的文字量竟然是書中文字量的兩到三倍。我想這也是創作迷人的魅力，原本擔心會因破碎的時間導致文字失去了方向，但寫完後，隱約也成為有呼息的生命。

書本內所有篇章完成的那天是三月四日，不知是巧合，還是自己潛意識的有意為之。寫的過程，許多篇都會提到母親，於是寫書這件事情，也是她默默地陪著我做完的，很符合她不愛說話的個性。小時候看書，很常看到上面寫著：「獻給摯愛的＿＿＿＿」或是「for」開頭的句子。當腦中的那些碎片，被具象成一本可以真實存在手中的書籍，才意識到此刻充滿感激，對於許多陪伴著的人事物，與諸多的幸運。

想起第一天跟編輯見到面時，他跟我說，從我在社群平臺上面分享的文字中，認為我應該是有個什麼東西想訴說。而這本書到底想說些什麼，真的有那個什麼存在嗎？其實我也還在理解中，或許也就是單純跟母親閒聊吧。把一些我想跟她說的話寫出來，有些回憶都埋藏在事件裡，不需明確說出，彼此都能明白。希望未來還能繼續說些什麼，寫些什麼，也希望未來能夠寫得越來越好，越來越能精確地把自己的感受清楚說出。

最後，該怎麼說呢，謝謝你們願意抽空看我的文字，我很高興，相信它們也是。

星叢

石光乍見

2022年9月初版 定價：新臺幣420元

著　　者	石知田
圖片攝影	石知田
叢書編輯	黃榮慶
校　　對	廖宜婷、楊修
內頁排版	李偉涵
封面設計	誠美作 HONEST PIECES

出版者	聯經出版事業股份有限公司
地址	新北市汐止區大同路一段369號1樓
叢書編輯電話	(02)86925588轉5307
台北聯經書房	台北市新生南路三段94號
電話	(02)23620308
台中辦事處	(04)22312023
台中電子信箱	e-mail:linking2@ms42.hinet.net
郵政劃撥帳戶第	0100559-3號
郵撥電話	(02)23620308
印刷者	文聯彩色製版印刷有限公司
總經銷	聯合發行股份有限公司
發行所	新北市新店區寶橋路235巷6弄6號2F
電話	(02)29178022

副總編輯	陳逸華
總編輯	涂豐恩
總經理	陳芝宇
社長	羅國俊
發行人	林載爵

行政院新聞局出版事業登記證局版臺業字第0130號

本書如有缺頁，破損，倒裝請寄回台北聯經書房更換。

ISBN　978-957-08-6485-4 (平裝)

聯經網址 http://www.linkingbooks.com.tw
電子信箱 e-mail:linking@udngroup.com

國家圖書館出版品預行編目資料

石光乍現 / 石知田著．初版．新北市．聯經．2022.09．
272面．14.8×21公分．(People)
ISBN 978-957-08-6485-4（平裝）

863.55 111011331